U0796945

金圣叹 选批

杜詩

杜甫 著
金圣叹 选批

北京联合出版公司
Beijing United Publishing Co.,Ltd.

目录

叙第四才子书

余尝反复杜少陵诗，而知有唐迄今，非少陵不能作，非唱经不能批也。大抵少陵胸中具有百千万亿漩陀罗尼三昧，唱经亦如之。乃其所为批者，非但刳心抉髓，悉妙义之闳深，正复祛伪存真，得天机之剀挚。盖少陵，忠孝士也，非以忠孝之心逆之，茫然不历其藩翰，况于壸奥！犹记我友徐子能有咏杜一律云："诗史《春秋》笔，大名垂草堂。二毛反在蜀，一字不忘唐。佛让王维作，才怜李白狂。晚年律更细，独立自苍茫。"此乃字字实录也。唱经在舞象之年便醉心斯集，因有《沉吟楼借杜诗》，庄、屈、龙门而下，列之为第四才子。每于亲友家素所往还酒食游戏者，辄置一部，以便批阅。风晨月夕，醉中醒里，朱墨纵横，不数年所批殆已过半，以为计日可奏成事也，而竟不果，悲夫！临命寄示一绝，有"且喜唐诗略分解，庄骚马杜待何如"句，余感之，欲尽刻遗稿，首以杜诗从事，已刻若干首，公之同好矣。兹淝上归，多方搜辑，补刻又若干首，而后第四才子之面目略备，读者直作全牛观可乎！

瞿斋金昌长文识

才子书小引

仆往时曾见有“人生奇福，是读未见书”之语，心极以为不然。何则？书自《五经》《语》《孟》《左》《国》《庄》《屈》《史》《汉》《韩》《苏》以还，约略亦总尽矣，尚有何未见书又应见？即有之，亦大都剽割如上诸书之肤膜，以自缪于同时小儿之前曰“某亦有书”云尔即已耳，而奈何谓足当乃公见，见而又屈乃公读，读而乃公又自以为奇福者耶？既而仆入唱经之室，而始然惊焉！唱经，仆弟行也。仆昔从之学《易》二十年，不能尽其事，故仆实私以之为师。凡家人伏腊相聚以嬉，犹故弟耳；一至于有所咨请，仆即未尝不坐为起立为右焉。夫唱经室中书，凡涉其手者，实皆世人之所并未得见者也。何必疑如上诸书之外，又别有书？正即彼如上诸书，人人孰不童而艺之也者？然以云见，则亦可称一交臂之间矣。间尝窃请唱经：“何不刻而行之？”哑然应曰：“吾贫无财。”“然则何不与坊之人刻行之？”又颦蹙曰：“古人之书，是皆古人之至宝也。今在吾手，是即吾之至宝也。吾方且珠椟锦袭香熏之，犹恐或亵，而忍遭瓦砾、荆棘、坑坎，便利之惟命哉？”凡如此言，皆其随口谩人。夫唱经实于世之名利二者，其心乃如薪尽火灭，不复措怀也已，独是吾党则将奈之何欤？且今唱经年亦已老，脱真不讳，是亦为人生之常，而万一其书亦因以一夜散去，则是不见者终于不得见也！即不然，而唱经身后颇亦有人为抱不得同时之恨，而终与之发其光焰，因而复得人人见之，此则后之人自快乐，其与今之人固无与也。夫人生世上，不见唱经书，即为不见如上诸书矣，能不痛哉！能不痛哉！兹暮春之月夕，仆以试事北发，辱同人饯之水涯，夜深偶语及此，皆慷慨欷，若不胜情。仆曰：“岂有意乎？”皆举手曰：“敬诺！”因遂呼笔识之如左。仆既竟去，殊未知诸子将何以为之所也！

时顺治己亥春日，同学矍斋法记圣瑗书

杜詩

◇ 游龙门奉先寺 ◇

题是《游龙门奉先寺》，及读其诗起二句，却云："已从招提游，更宿招提境。""已"字、"更"字，是结过上文，再起下文之法。今用笔如此，岂此诗乃是补写游以后事耶？然则当时此题，岂本有二诗，而忘其第一首耶？我反复思之，不得其故。一日无事闲坐，而忽然知之：盖此篇乃先生教人作诗不得轻易下笔也！即如是日于正游时若欲信手便作，岂便无诗一首？然而"阴壑""月林"之境必不及矣！夫此境若不及，便是没交涉。夫作诗没交涉，便如不曾作。先生是以徘徊不去，务尽其理。题中自标"游"字，诗必成于宿后。如是，便将浅人游山一切皮语、熟语、村语，掀剥略尽，然后另出手眼，成此新裁。杜诗为千古绝唱，洵不诬也！〇岂惟游山，即定交亦然。陶诗云"闻多素心人，乐与数晨夕"，必与之数晨数夕，而后斯人之神理始出。今日草草一揖，便欲断其生平，此胡可得？〇哀哉！今之诗人，若天幸作得此一首诗，岂有不改题为《宿龙门奉先寺》者耶！

已从招提游，更宿招提境。
阴壑生灵籁，月林散清影。

人亦能知杜诗起句突兀，不能知此起之突兀也。看诗气力全在看题，有气力看题人，便是有气力看诗人也。〇日间一游，只为已尽招提，又岂知招提有境，乃在夜宿始见。信知天下事，多有迟之迟之而始得者。三四此即所谓"招提境"也。写得杳冥澹泊，全不是日间所见。"境"字与"景"字不同，"景"字闹，"境"字静；"景"字近，"境"字远；

“景”字在浅人面前，“境”字在深人眼底。如此十字，正不知是响是寂，是明是黑，是风是月，是怕是喜，但觉心头眼际有境如此。向使游毕便去，岂不终失此境？即使不去，而或日间先作一诗，彼一宿之后，岂不大悔哉！

天阙象纬逼，云卧衣裳冷。
欲觉闻晨钟，令人发深省。

五写龙门，写其高。○龙门山，一名关塞山，又名伊阙山也。六写奉先寺，写其寒。○“云卧”字，对“天阙”，作实字用，犹言云堂、云房。今僧家禅坐处，多有此名。“欲觉”者，将觉未觉也。此时心神茫然，全不记自身乃宿高寒境界。吾尝醉宿他人斋中，明旦酒醒，开帏切认，此竟何处耶？被先生轻轻画出。“闻钟”“深省”，后人务要硬派作悟道语，何足当先生一噱？先生只是欲觉之际，全不记身在天阙之上、云卧之中，世人昏昏醉梦，不识本命元辰，如此之类，正复无限。乃恰当此际钟声訇然，直落枕上，夫而后通身洒落，吾今乃在极高寒处，是龙门奉先寺中也。所谓半夜忽然摸着鼻孔，其发省乃真正学人本事。若如世人所言悟道者，吾不知其所悟何道也！“欲觉”，何不“便觉”？写尽世人悠悠忽忽，欲觉不觉，而晨钟代为发省，是以学者乐与棲椎同住耳。○玩此章法，则知三四句乃招提之境，而五六句乃招提境中之人也。

◈赠李白◈

（二年客东都）

题本赠人，而诗全写自己胸臆者，盖古者赠人之法：富者以财，君子以言，皆实出所有以裨益人。若后人信手横涂而题曰“赠某人”，实是用错“赠”字也！〇十二句诗，凡十句自说，只二句说李侯者，不欲以东都丑语，唐突李侯也。看他用意忠厚，如此类甚多。〇唐人诗，多以四句为一解，故虽律诗，亦必作二解。若长篇，则或至作数十解。夫人未有解数不识而尚能为诗者也。如此篇第一解，曲尽东都丑态；第二解，姑作解释；第三解，决劝其行。分作三解，文字便有起有转，有承有结，从此虽多至万言，无不如线贯华，一串固佳，逐朵又妙，自非然者，便更无处用其手法也。

二年客东都，所历厌机巧。
野人对腥膻，蔬食常不饱。

“厌”，足也，熟也。只此一字，供招已尽，犹言被东都教坏了也，于二年中学坏了也。三四，急承上文，写出厌足机巧人丑态来：未来东都时，蔬食一饱，颓然自乐；乃今二年，腥膻满鼻，饫闻足见，先之蔬食，不能复饱。写尽野人到京师不安分，不自得，无限苦事。

岂无青精饭，使我颜色好。
苦乏大药资，山林迹如扫。

看他凭空用“岂无”二字，忽作一转。“青精饭”，只是脱身归山寻常蔬食耳，非真用陶隐居法也。七八二句，说出二年以前来东都本意，只因一“资”字，误尽志气人，使贫士无力学道者，放声一哭！夫所谓“大药资”，岂须多金哉？屋足盖头，田足糊口；韭毛竹笋，足可留客；粗纸中笔，足用抄书；则山林老死，人亦不来，我亦不出，诚大乐事也！只为缺此，勉来东都，冀得如许，便疾引去，又岂料一投苦海，更难拔脚，鹿鹿二年，了无成办。天下滔滔，谁不胸中抱此隐痛哉！

李侯金闺彦，脱身事幽讨。
亦有梁宋游，方期拾瑶草。

“脱身”二字，情见乎词。盖其前之苦，其后之乐，皆不言可知矣！结妙，既已贺其脱身，随又自求脱身，以见东都脱身之难，以勉李侯不可再来，真是朋友规劝良式。〇李侯诗，每好用神仙字，先生亦即以神仙字成诗。

望　岳

（岱宗夫如何）

“岳”字已难着语，“望”字何处下笔？试想先生当日有题无诗时，何等经营惨淡。〇此诗每二句作一解读。

岱宗夫如何？

一字未落，却已使读者胸中、眼中，隐隐隆隆具有“岳”字、“望”字。盖此题非此三字，亦起不得。而此三字非此题，亦用不着也！○“夫如何”，犹云：“一部十七史，从何说起？”一题当面，心手茫然，更落笔不得，恰成绝妙落笔。此起二语皆神助之句。

齐鲁青未了。

凡历二国，尚不尽其青，写“岳”奇绝，写“望”又奇绝。○五字何曾一字是“岳”？何曾一字是“望”？而五字天造地设，恰是“望岳”二字。

造化钟神秀，阴阳割昏晓。

二句写“岳”。岳是造化间气所特钟，先生望岳，直算到未有岳以前，想见其胸中咄咄！“割昏晓”者，犹《史记》云：“日月所相隐辟为光明也。”一句写其从地发来，一句写其到天始尽：只十字写“岳”遂尽。

荡胸生层云，决眦入归鸟。

二句写“望”：一句写望之阔，一句写望之远。只十字写“望”亦遂尽。○从来大境界，非大胸襟未易领略，读此四句益信。

会当凌绝顶，一览众山小。

翻“望”字为“凌”字，已奇；乃至翻“岳”字为“众山”字，益奇也。如此作结，真是有力如虎。〇而庵说曰：“钟神秀”者，“神”言变化不测，“秀”言苞含万有。山之后曰“阴”，日光之所不到，故“昏”；山之前曰“阳”，日光之所到，故“晓”。望岳则见岳之生云，层层浮出来，望者胸为之荡。望之既久，则见归鸟，眼力过用，欲闭合不得，若眦为裂者然。“眦”，眼两眶红肉也。《子虚赋》云：“弓不虚发，中必决眦。”“入”字如何解？日暮而归鸟入望，其飞必疾，望者正凝神不动，与岳相忘，但见有物一直而去，若箭之离弦者然。又，鸟望山投宿，若箭之上垛者然。此总形容望之出神处。说“决眦”字、“入”字确极。

刘九法曹郑瑕丘石门宴集

题中无“枉”字，又无“陪”字，然则先生不与宴集矣，如何又有此诗？及读“掾曹”“能吏”二联，而后知刘乃枉驾，郑乃夤缘。一段幽事，败于俗物，故不复书“枉”书“陪”，以明是日身直不在酬酢中。因叹一起一结之妙，正不止于傲然不屑而已。

秋水清无底，萧然净客心。
掾曹乘逸兴，鞍马到荒林。

秋水不但清，乃至于无底，则是渣滓尽去，更不受人动摇。此句兴而比也。夫客心岂能尽无彼我是非？今对此无底清水，不觉萧然都净。读此一起，便知是日有满眼难看之事，先生一以汪洋之度容之也。三四，先出刘九，看“逸兴”“荒林”字，接上“秋水”字，知刘九本不恶。

能吏逢联璧，华筵直一金。
晚来横吹好，泓下亦龙吟。

五六，出郑瑕丘。“能吏”字下得毒。僻地到一曹官，便又寻踪蹑影，此非“能吏”而何？“逢联璧”字，写尽丑态。此时但有两官人相对，彼一老人，竟不知复置何地矣！“一金”，三十两也。“直”字妙，便特地与他估算出来，真毒眼毒口。下吏奉承上人，此费岂止一次？聊与点破，为民脂民膏一哭。又岂知乘兴到荒林者，初心亦不欲尔哉！先生于此不好看，不屑看，亦不忍看，于是据床横笛，自出爽致。彼“联璧”“一金”，于我何有？“泓下”“龙吟”者，言彼既狐鼠为群，我自与龙吟相应，不可言是日曾与人为伍也。诗极难看，从看题得之。

与李十二白同寻范十隐居

此诗着意，全为与李十二白同寻，全不为范十隐居。因思前篇痛恨东都，而以脱身为李侯贺，岂非先生深见李侯有才无识，将恐不免于世，故特惓惓再三致勉耶？读先生全集，处处见其忠孝友爱之盛心，故于此诗，必不敢忽过也。

李侯有佳句，往往似阴铿。

赞李侯诗，分寸极明。“有佳句”，则不赞律诗，但赞绝句也。“似阴铿”，则不赞七言，只赞五言也。“往往似”，则虽有律与古诗，而其全篇不能尽佳也。此非文人相轻，盖古人月旦之法如此。

余亦东蒙客，怜君如弟兄。

“余亦”是承上语，而只以乡里成句者，不欲以前辈自居也。看他一片奖诱后学心地，我尝恨韩昌黎妄自尊大，视先生何啻天壤！

醉眠秋共被，携手日同行。
更想幽期处，还寻北郭生。

眠何必共被？行何必携手？此殆言己无日无夜不教侯作诗。读他日“重与细论”之句，盖先生之教之，不信然哉！○以上先写侯之能诗，及己之爱侯如此。以下方转笔出题，云夫爱之，则不得不终教之。于是我心于侯更有进于学诗一事者。“更想”字，转笔恁好。“想幽期”而“寻北郭”，然则非为北郭也，借北郭而为李侯丹头也。看诗全要在笔尖头上，追出当时神理来。

入门高兴发，侍立小童清。
落景闻寒杵，屯云对古城。

以上以下，皆是与李十二白同寻，只此四句，是范十隐居，然也是点化李侯要语。入门兴发，言新到人躁气未除。侍立小童，言住山人威仪闲雅。只十字，便活画出少年跳踯叫呼，天地何物，一旦蓦然入有道室中，亲见彼家奴婢如法，器钵无声，而后流汗满背，几至坐立不得，始喟然叹人固不可以一日不学也。嗟乎，岂不晚哉！“落景”句，言流光迅速，人寿无几。“屯云”句，言世事无常，顷刻变灭。凡四语，语语使李侯通身冷汗。

向来吟《橘颂》，谁欲讨莼羹？反结。
不愿论簪笏，悠悠沧海情。正结。

上四句既借范隐居作丹头，活现点化，此更以四句严正决绝之。言向来若使早吟《橘颂》，有悟于“受命壹志”“独立不迁”等语，则亦何至今日见秋风，思莼菜，我所本有，求而不得也哉？然则自今以后，便当决意远去，舍簪笏而沧海，一误不可又误也。○“谁”字妙，言当时我若不来，则今日何人要去？自笑自怨，戏谑如画。

◇ 题张氏隐居二首 ◇

此诗是历尽艰难语，与他处好静山居不同。○前首标隐居之胜，后首记张氏之情。

春山无伴独相求，伐木丁丁山更幽。
涧道余寒历冰雪，石门斜日到林丘。

春日山行，不忧无伴，乃先生无伴，则不得不求张氏。独先生求张氏，亦更无有求张氏者。七字中，又言“无伴”，又言“独”，而以“春山”二字作起，便写得喧闹中两人俱出一头地矣。笑杀春山外人，成群结队，那有工夫到此？“更幽”字妙。有只是一身而亦喧者，春山所以畏俗子也；有多添一人而逾静者，春山所以爱幽人也。看其自待之高如此。三四，写出一片森寒杳冥境界，可见人迹所不欲到。涧道寒威凛然，已历无数冰雪；石门日色尚在，余光直下林丘。此二句，虽复写景，然人生世上，受尽艰苦之累，晚岁始肯休歇，无数冷暖自知之事，十四字已摄无不尽矣。

不贪夜识金银气，远害朝看麋鹿游。
乘兴杳然迷出处，对君疑是泛虚舟。

“不贪”“远害”四字，是隐居真诀。《天官书》：“金银之气见于上，下必为覆军之墟。”古语：“麋鹿走于山林，而命悬于庖厨。”利害如此，既已识得透，看得确，而尚敢贪，尚敢不远，岂人情哉？说得悚然。七八承上文，言说到此处，便使人回视山外，茫无投足之处，故云“杳然”。既对君如虚舟，然则山外干戈相寻，不言可知。

其二

之子时相见，邀人晚兴留。
济潭鳣发发，春草鹿呦呦。

“时”乃是时，承上篇补叙张氏之情，不可释作“时时”。“晚”字、“兴”字，乃邀之二端，而先生所以留者也。鱼“发发”，此“晚”字也。“鹿呦呦”，此“兴”字也。日晚则鱼跃，后诗云“紫鳞冲岸跃”，又云“鱼跳日映山”一也。日晚腹饥，胡可不留少住？只此二语，想见张氏真率友爱。

杜酒偏劳劝，张梨不外求。
前村山路险，归醉每无忧。

田园之乐，有如是夫！杜康酒，大谷梨，用来恰合。“偏劳劝”，“不外求”，语气便暗带“不贪”“远害”来。结句“无忧”字，紧跟着“险”字，心头有事人，忽然念及归路之险，不免一跳。既而自慰云：“已得醉矣，又何忧焉？”盖无求于人，其乐如此，益叹陶公饥来叩门之苦也。此又翻尽前结。○矍斋云：唱经尝言“春山无伴”诗最难读。前解向得之一友，似非真笔，姑芟而藏之。及见而庵说唐诗，说此诗五六“不贪”字不读断，竟一直解下，妙绝！说“远害”句，毕竟未妥。愚谓并不读断为是，“害”即妨害之害，犹言“碍”也。盖云我从“石门斜日”一路行来，到此已夜矣。山中宝藏之气，夜行则或见之，我初无此意也。“金银气”，不过用《天官书》成语，岂谓石门真有？且入破军败国语何与？遂再转云夜行非我本心，只为涧道冰雪，来路甚远，不觉抵夜，势必留宿以待来朝，遂使尔清早款待。眼看麋鹿，不获忘情与游，则是我此来害之也。“贪”是说自己，“害”是说张氏。适然而夜，贪固无所贪；适然而朝，害何心于害？五六二句，不过要转出第七“乘兴”字来。盖君为虚舟，我故乘兴。兴之所至，为朝为夜，无所不可。“杳然迷出处”，正极言乘兴之妙耳。第二首“邀人晚兴留”，“兴”字本此“兴”字来，“晚”字接上“朝”字来。○题总曰“题张氏隐居”，看来前一首写此日夜到，后一首写明日晚留，请以质之而庵。

赠李白

（秋来相顾尚飘蓬）

此岂“脱身幽讨”犹未遂耶？读“飞扬跋扈”之句，辜负“入门高兴”“侍立小童”二语不少。先生不惜苦口，再三教戒，见前辈交道如此之厚也。

秋来相顾尚飘蓬，未就丹砂愧葛洪。

言不如葛洪求为勾漏令而得遂也。看他用“相顾”字，每每舍身陪人，真是盛德前辈。此用“丹砂”，与前用“青精”“瑶草”同意。

痛饮狂歌空度日，飞扬跋扈为谁雄？

去又不遂，住又极难，痛饮狂歌，聊作消遣。飞扬跋扈，谁当耐之？一片全是忧李侯将不免。

登兖州城楼

此诗全是忧时之言，若不托之登楼，则未免涉于讥讪，故特装此题，以见立言之有体也。○杜诗题，有以诗补题者，如《游龙门奉先寺》是也；有以题补诗者，如《宇文晁尚书之甥崔彧司业之孙尚书之子重泛郑监前湖》是也；有诗全非题者，如《江上值水如海势聊短述》是也；有题全非诗者，此等是也。其法甚多，当随处说之，兹未能悉数。

东郡趋庭日，南楼纵目初。
浮云连海岱，平野入青徐。

是时先生尊人为兖州司马，故有“趋庭”字。“初”字，一哭。犹言是日始知天下事至于如此。三四，因写上下纵目所见。兖州与青、徐二州接界，为河、济入海之冲，岱山在其境内，乃濒海一大都会也。今则纵目在上，一片都是浮云，浮云不知从何处来，至于连海、连岱，弥漫无有已时，则其昏昧甚矣！纵目在下，一派都是平野，平野已属不堪之极，至于入青、入徐，遥遥几千百里，则其荒芜甚矣！如此朝廷，成何朝廷？如此百姓，成何百姓？一处纵目如此，想处处纵目皆然，岂不岌岌乎殆哉！因转下秦、汉云云。○祸福起伏不定，故曰“浮云”。野望全无麦禾，故曰“平野”。

孤嶂秦碑在，荒城鲁殿余。
从来多古意，临眺独踌躇。

若问秦，则孤嶂之上，仅有峄山碑尚在。若问汉，则荒城之中，仅有灵光殿尚存。峄山碑、灵光殿，旧属鲁境，皆古名迹也，故下以“古意”二字合之。大秦不失德，则今日犹秦；汉不失德，则今日犹汉。乃今秦、汉何在，遂至有唐，则岂非“浮云”“平野”之故哉？因言我从来读史，至如是事，未尝不临文嗟悼，惜当时之无人，不谓今日遂至目睹其事，盖忧惧无出之至也。“从来”二字，与上“初”字应成一篇，章法妙绝。“独”字悲愤之极，言今日临眺踌躇，只我楼头一人耳，彼上下梦梦，殊未及知也。

◇ 对雨书怀走邀许主簿 ◇

通篇是“书怀”二字，借雨寓言耳。先生一片爱惜好人心地，如此篇者甚多，读者毋徒作文字放过，切嘱。

东岳云峰起，溶溶满太虚。
震雷翻幕燕，骤雨落河鱼。

眼见其出身处只如此大，所谓肤寸耳。“溶溶满”者，不谓便尔，乃至“震雷”“骤雨”，何等声势，“翻燕”“落鱼”，何等凌虐。小人胡可使得志耶！

座对贤人酒，门听长者车。
相邀愧泥泞，骑马到阶除。

只是处之以不见不闻，未尝因而丧我生平。看先生于此特用“贤人”“长者”字，以反照上文人品，真是阳秋笔法。许主簿为先生所特邀，乃邀之而又必嘱其骑马者，君子爱人以德，甚不欲其一濡足于势利之涂也。一“愧”字下得甚妙。脱少不慎，而略被染污，则尔愧见我，我亦愧见尔也。许主簿何人，动先生如此爱惜，我甚思之。

巳上人茅斋

如云宿巳上人茅斋，则是赋宿者；今无“宿”字，则是特赋巳上人也。何处无上人？何上人无茅斋？今都不见及而独赋巳公，巳公未必荣，余公实愧死矣。

巳公茅屋下，可以赋新诗。
枕簟入林僻，茶瓜留客迟。

“下”字毒甚，“可以”字严甚。世间无限丑态，都藏在三间屋下，故人前敖曹之人，皆屋下罄折之人也。“可以赋诗”者，是言巳公之屋下可以赋诗，非言巳公可以赋诗也。如此行文，真是指吴山乃骂洞庭矣。“入林”，即“把臂入林”字。入林而携枕簟，则轩车迎送之苦免矣。留客只用家常茶瓜，客是以反乐得而迟迟也。写巳公屋下，真素如见。

江莲摇白羽，此巳公也。**天棘蔓青丝。**此座客也。
空忝许询辈，难酬支遁辞。

夫胸中蔓丝人，则乌知摇白羽者话头落处哉！推巳公至矣。“空忝许询辈，难酬支遁辞。”支遁、许询，皆晋时人。昔支公说法，必以许长史为都讲。盖一时机扣相入，虽云兴百问，瓶泻千酬，亦无不可。先生于巳公，谦不敢以都讲自居，故云然也。

◈ 画鹰 ◈

句句是鹰，句句是画，犹是家常所讲。至于起句之未是画，已先是鹰，此真庄生所云鬼工矣！〇末句不知其指谁，然亦何必问其指谁。自当日以至于今，但是凡鸟坏人事者，谁不为其所指？

素练风霜起，苍鹰画作殊。
㧐身思狡兔，侧目似愁胡。

画鹰必用素练，只是目前恒事。乃他人之所必忽者，先生之所独到，只将“风霜起”三字写练之素，而已肃然若为画鹰先作粉本。自非用志不分，乃疑于神者，能有此五字否？三四即承“画作殊”“殊”字来，作一解。世人恒言传神写照，夫传神、写照乃二事也。只如此诗，“㧐身”句是传神，“侧目”句是写照。传神要在远望中出，写照要在细看中出。不尔，便不知颊上三毛，如何添得也。

绦镟光堪摘，轩楹势可呼。
何当击凡鸟，毛血洒平芜。

绦镟、轩楹，是画鹰者所补画，则亦咏画鹰者所必补咏也。看“堪摘”“可呼”语势，亦全为起下“何当”字，故知后人中四句实填之丑。“击凡鸟”妙，不击恶鸟而击凡鸟，甚矣，凡鸟之为祸，有百倍于恶鸟也！有家国者，可不日颂斯言乎？“毛血”五字，击得恁快畅，盖亲睹凡鸟坏事，理合如此。

临邑舍弟书至苦雨黄河泛溢堤防之患簿领所忧因寄此诗用宽其意

题先序舍弟书至，次序苦雨河泛，次序领官忧患，次序寄诗慰之。诗则先序苦雨河泛，次序领官忧患，次序舍弟书至，次序寄诗慰之者，盖文字贵有虚实起伏，不如是，便略无笔势也。故第一解四句，先虚写积雨黄河必泛，妙在“闻道”字。第二解四句，又先虚写舍弟适当此任，大是可忧，妙在“防川”字。先虚写得此二解，然后轻轻折笔到前日书至，遂令读者凭空见有无数层折。不尔，便是一直帐，更无波折可使人诵也。

二仪积风雨，百谷涌波涛。
闻道洪河坼，遥连沧海高。

“百谷”句奇。未见书，先有闻，以闻衬书，已是奇笔。乃未闻黄河泛溢，先见百谷波涛，以百谷衬黄河，不更奇笔耶！○一“高”字何简，“难假”十句何繁，然都极河势之可骇，正不以繁简而或异也。○传闻固应简，书述固应繁。第一解。

职司忧悄悄，郡国诉嗷嗷。

舍弟卑栖邑，防川领簿曹。

忽然闻河泛，忽然想领此职者奈何，忽然忆防川恰是舍弟。看此一解，为是弟忧，为是忧弟？先生鹡鸰在原之情，于是乎千载如睹矣。第二解。

尺书前日至，版筑不时操。
难假鼋鼍力，空瞻乌鹊毛。

第三解，即来书所述也。鼋鼍难假，乌鹊空瞻，言桥梁断绝，无可奈何。第三解只此已尽。为欲详写河泛，故又有下文八句，其实只是一解。

燕南吹畎亩，济上没蓬蒿。
螺蚌满近郭，蛟螭乘九皋。
徐关深水府，碣石小秋毫。
白屋留孤树，青天失万艘。

只是第三解写不尽语，未尝别转笔。〇逐句极写河泛之势，成奇语。

吾衰同泛梗，利涉想蟠桃。
倚赖天涯钓，犹能掣巨鳌。

第四解，寄书宽之也。○犹言吾衰有同泛梗，功名荒唐，方如度索蟠桃。然倚赖胸中之学，尚思为天下后世建立非常功业。汝今不过区区苦雨河决，便自以为大忧，然则汝将委卸何人？又有何事方堪任受也？书未至时，忧之甚至；书至以后，全不许忧。爱是爱，勉是勉，读此诗可以为兄，可以事君矣。○“泛梗”“利涉”“蟠桃”“钓鳌”，悉用大水滉瀁字，图与上文相称。

冬日有怀李白

先生欲李侯之去，凡四见矣。而其心愈切，其言愈婉。如此篇，何其真而善入也。

寂寞书斋里，终朝独尔思。
更寻嘉树传，不忘《角弓》诗。

“寂寞”，非言书斋寂寞，乃言书斋里人寂寞也。“嘉树传”，即昭公二年，晋韩宣子来聘之传也。传言季武子封植嘉树，以无忘宣子所赋之诗。先生有怀李侯，因更寻其文读之。所以云然者，盖先生赋诗赠侯亦已多矣，乃至今犹未肯去，岂已忘我之诗耶？因引武子“无忘《角弓》”之言婉曲讽之也。

短褐风霜入，还丹日月迟。
未因乘兴去，空有鹿门期。

五言今日又冬日矣，则又一年矣。六下一“迟”字，写得杳无归期。“因乘兴”三字，是急流勇退妙诀，稍迟即不可得者也。“未”字好是“不”字。“不因”殆近于詈之，“未因”则犹望之也。“空有”句，犹言口口说去亦何益。

◇ 龙门 ◇

公自注：山有佛寺，金碧照耀，最为胜概。

此题乃截诗之首二字以名篇，非咏龙门也。唐人每有此法，而先生集中尤多。○前半何其热艳，后半何其悲凉。劈窠书此诗，勒石龙门山下，必有读而哭，哭而回辕者矣！

龙门横野断，驿树出城来。
气色皇居近，金银佛寺开。

一二只十字，写尽马迟人急，极天苦事。宁未至龙门犹可忍，至龙门望驿树，而又急不得便到，此时胡可忍也！何人不思上京？何人上京不如此急切？被先生以此十字为业镜台也。三四十字，说尽上京人生小野里，骤尔观光上国，惊心骇瞩，神明都丧，实有此景。“气色”“金银”，作虚字用，非写“皇居”“佛寺”壮丽，正写行人目光眩惑。谚云：“一日上杭州，三年说不了。”为此十字也。第一解，何其忙，何其热。

往来时屡改，川陆日悠哉。
相阅征途上，生涯定几回。

“屡改”字惨极。“悠哉”字尤惨极。此斜阳匹马，衰柳长堤，则古人之所留与今人，而今人用之不尽，又将留与后人者也。○岂惟川陆无情，曾不我顾。今只小庭阶石，木榻瓦罇，岂不日与之俱，因而体气都洽，然究竟我自屡改，彼自悠哉。既不我留，复不我送，睹此茫茫，百端交集矣。“相阅”者，往来相阅也。只此川此陆，有无边人纷然而去，有无边人纷然而来，中间有尚来几回者，有更来一二回者，有只于此一回者。夫我则乌能定其谁当更来，谁不更来？然我生莫不有涯，纵得还来几回，彼天下往来人，即岂有不尽之日哉？“生涯”字出《庄子》，言生之边涯，盖死口也，字本奇绝，被人用熟不觉耳。未知此日尚着几緉屐，便脱化出后半篇来。第二解，何其百忙中兜头一杓冷水也！

土山植慈竹

（即《假山》）

天宝初，南曹小司寇舅与我太夫人堂下累土为山，一篑盈

尺，以代彼朽木，承诸焚香瓷瓯，瓯甚安矣。傍植慈竹，盖兹数峰，嵚岑婵娟，宛有尘外格致。乃不知兴之所至，而作是诗。

三行余耳，便可抵潘岳《闲居》一赋，真乃制题第一手。○题亦繁矣，欲以八句收尽，不亦难乎？乃不惟宛转恰合，偏有本事向题外更添出“在野”“生云”“献寿”“佳气”等句，真乃绝奇之构也！○全诗着眼，独在“不知兴之所至”一语。“不知兴之所至”者，犹云“不知手之舞之，足之蹈之”也。

一篑功盈尺，三峰意出群。
望中疑在野，幽处欲生云。

累土盈尺耳，何至“在野”“生云”，如许幽旷？盖太夫人之所乐亦乐之，所谓“不知兴之所至”也。○养老亲，全须要用养小儿法。心诚求之，不中不远，乃名孝顺。如先生“在野”“生云”语，皆从太夫人眉头眼底体贴出来。太夫人既以为疑在野，欲生云矣，我敢以为不在野、不生云乎？大抵老人晚年，多有一段痴况，极无谓处，偏是他极得意处。此处全须孝子顺媳，用包荒将顺之法，承接得欢喜无限，他便凭空生出精神，强饭少病，乃至寿考。呜呼，此道久不讲于天地之间矣！先生现身指点，血泪齐迸，人奈何遽读之而不肯少思也？○看他“疑”字、“欲”字，便全作孺子又痴、又媚、又慧光景，太夫人顾此岂不乐乎！

慈竹春阴覆，香炉晓势分。入慈竹、香炉不硬。
惟南将献寿，佳气日氤氲。

上文“在野”“生云”，是太夫人眼中事。此一“寿”字，则太夫人心头事也。顺便借香炉、慈竹直说出来，俾太夫人听之一快，皆所谓“不知兴之所至”也。○事亲者，尚将致难得之物以悦其心。此“寿”之一字，则不过脱然出于吾口，即油然入于其耳，亦有何难，而世之人曾不少留念耶？先生“将”字、“日”字，一片纯是手舞足蹈，为人子之金式也。

春日怀李白

先生之爱李侯，乃至论文不敢一毫假借。但未脱身时，或得细论；既脱身后，遂不得细论：此所以思之不置也。

白也诗无敌，飘然思不群。
清新庾开府，俊逸鲍参军。

岂谓李侯诗又“无敌”，思又“不群”耶？如是即岂复成语！盖是一纵一擒言之。言白也，人称其诗遂无敌，我谓其思则不群有之耳。下紧接“清新”“俊逸”四字，皆是“思不群”边字。吾闻温柔敦厚，深于诗者也。“清新”“俊逸”于诗且无与。此非文人相轻，实是前辈定论，不似后人一片犬吠也。○“白也”对“飘然”，妙绝！只如戏笔。“白也”字出《檀弓》。

渭北春天树，江东日暮云。
何时一樽酒，重与细论文？

春树、暮云，写尽缱绻。看先生“细”字、“重”字，信知作文不易。夫文岂“飘然不群”四字之所得了哉？今观李侯全集，纯是飘然不群，其余更无所有。○此诗不独当时针砭李侯，亦且嘉惠后贤多少！

郑驸马宴洞中

诗从《杂佩》篇翻出，在主家尤难。看其领句便提“主家”二字，固知当日如是主家，亦未可多得在。

主家阴洞细烟雾，留客夏簟青琅玕。
春酒杯浓琥珀薄，冰浆碗碧玛瑙寒。前解。

从来男子折节好贤，必由闺房拔钗沽酒之德为多。故先生本叨潜曜之宴，而反殷殷致叹于临晋之贤也。看他一出手便大书“主家”二字，妙，妙！夫闺中有牝鸡之声者，其堂前岂有凤凰之辉哉！然则虽谓郑家，即是主家，此固其所，初并不为公主必加于驸马也。洞入烟雾，写开宴之地也。簟如琅玕，写置宴之席也。所以不即写宴而必于宴前先写之者，见是日之极致敬爱，而不在哺啜也。三四承之，亦只极写杯之与碗，言此皆其重器，寻常不轻示人者也。〇三四句法，言春酒清空，今以杯色浓故，遂如琥珀而薄。冰浆雪澹，今以碗色碧故，遂如玛瑙而寒。皆极写主家重器，不写酒与浆也。〇看先生不唯不写哺啜，乃至不写其器之为金为玉。

误疑茅堂过江麓，已入风磴霾云端。
自是秦楼压郑谷，时闻杂珮声珊珊。后解。

前解极写驸马之宴之宠敬，后解特转笔推详，以明皆出于公主也。五言心疑盛暑，何故清凉如此。六言不知乃在极深最高之处。于是而珮玉璆然之声，遂已亲接于耳。呜呼！“知子之来之”诗，今日果尚有其人哉？岂不甚盛节与！〇洞之清凉，前起句写已尽，此五六乃借笔转到秦楼耳。“杂珮”，即“以赠”“以问”“以报”之“杂珮”也。

冬日洛城北谒玄元皇帝庙

此诗几用七解成篇：一解洛城北，二解庙貌，三解玄元皇帝，四解吴道子，五解壁画五圣，六解先生冬日入谒，七解用史公《封禅书》笔法结之，最得讥讽之体。〇只为与之同姓，便以巍巍天王之尊，遥认一千余年前茫茫不可知之人，尊之曰“圣太祖玄元皇帝”，又为立庙，已极可笑。乃又甚而至于画其高祖、太宗、高宗、中宗、睿宗五世祖考之像于其庙壁。嗟乎！汉武好仙，尚冀长生，今此又为何哉？

配极玄都闷，凭高禁御长。
守祧严具礼，掌节镇非常。

第一解，写洛城北。上配北极，为帝城之玄都。悬绳连竹，禁御来往，此其严闭，非可聊尔。若为本宗藏主，则分宫守祧，旧有严礼。如或外道惑民，则地官掌节，弹压非常。只四语，却写得凛凛然，使玄元立庙，五圣画壁，更是使不得。

碧瓦初寒外，金茎一气旁。
山河扶绣户，日月近雕梁。

第二解，写庙之壮丽。碧琉璃瓦，则上薄初寒之外。承露金茎，则高出一气之旁。名山大河，双扶绣户。日升月恒，互缠雕梁。不图洛城之北，有此巍巍一庙也。〇“碧瓦”“金茎”“绣户”“雕梁”，是庙；“初寒外”“一气旁”“山河扶”“日月近”，是庙之壮丽。四语总成一样句法，只以倒转为异耳。

仙李盘根大，猗兰奕叶光。

世家遗旧史，《道德》付今王。

第三解，承上。洛城北如此严闭之地，忽有如是巍巍庙貌，实祀何人乎？因云老氏姓李，李氏之盘根大哉，安知今皇之非其苗裔也？汉孝景皇后以七月七日生武帝于猗兰殿，今奕叶而上，安知非于不可知之一日，吾之先人，为其后人所生也？据今日子孙为帝王，则前者史公必应列之世家，而仅入列传者，此自是马迁遗误耳！若其《道德》一经，今皇御注，便是一片嫡血，安得不谓有唐真苦县遗体也？初诵之，极是谀语，细寻，乃见其讥极。

画手看前辈，吴生远擅场。
森罗移地轴，妙绝动宫墙。

第四解，本欲便写壁画五圣，却恐太促，便嫌板实，因先叹吴生妙画，略作虚衍。“地轴”句，是述其昔画睒罗变相。“宫墙”句，是述其又画七十二子。“地轴”句妙于“森罗”二字，便可想见地轴之出奇。“宫墙”句妙于“妙绝”二字，便可想见宫墙之不同也。吴生妙手，较之前辈，擅场远甚。盖极赞之。通篇只此一解四语为衬句。

五圣联龙衮，千官列雁行。
冕旒俱秀发，旌旆尽飞扬。

第五解，写吴生所画壁，可笑在一“联”字。盖使五圣各占一壁，犹有可解。今既画作连衮，则与千官列成雁行，君臣无分，并为老子所隶。将欲尊之，辱莫大焉！或问亦可不画千官否？此则不免寒俭无气力。画千官，亦可画五圣作坐像否？则又非画于老子庙壁初意也。看先生下句，接用“冕旒”“旌旆”字，皆是故作洗刷。“冕旒”则定应穆穆皇皇，深坐九重之上；“旌旆”则不免意色匆匆，将有远行之势。天下岂有着“冕旒”而远行者？今既不可降五庙为诸侯之服，又甚欲跻五庙于群真之后，于是“冕旒”“旌旆”遂画出一片无理，真欲笑杀人！

翠柏深留景，红梨迥得霜。
风筝吹玉柱，露井冻银床。

第六解，柏景、梨霜、风吹、井冻，只是写冬日景色。

身退卑周室，经传拱汉皇。
谷神如不死，养拙更何乡？

第七解，结今尊老子为玄元皇帝，老子乐耶？据其退处藏室，殊似无意世荣者。即五千言之盛传，亦在汉文、景之世，老子初不自意也。今辱承本朝如许隆礼，老子死而无灵，则我不复能知；若果谷神尚存，则无名养晦，定不知何处水边，黝然一老耳。想决不在此庙之中，受其盼蚃也！写得半非半是，若有若无，滑稽杀人。

城西陂泛舟

此题是先生咏城西陂中所泛之舟，非先生泛舟游城西陂也。通首诗全咏陂中泛舟，咏诗人却在陂岸上。

青蛾皓齿在楼船，横笛短箫悲远天。

只二起句，一唱一证，笔势灵幻非常。要看他用一“在”字之妙，言此陂中楼船，一例纯是珠帘翠幄，岸上睹之，窈窕重密，谁人知其中何所有，然我定知多载“青蛾”“皓齿”在中。何以验之？我目虽不睹，耳实亲闻，此悲动远天，皆横笛短箫之声，以是知其必流连荒亡之徒也。○“悲远天”，亦是岸上听船中箫笛语。若身在其中，便徒有聒耳，不复得此三字。

春风自信牙樯动，迟日徐看锦缆牵。

青蛾皓齿，横笛短箫中间，则必拥一主人矣。是主人何如人耶？夫声色之中，则岂复有人者乎？因用十四字，活画他出来。言是主人也，彼乌知人力之艰难？春风面面皆顺，即荡荡万斛之舟，于中流自然而动耳。“自信”，“信”字妙，彼执以为如是，何人敢复争之？既而自欲顾视日影，方乃舒头外望，而后乃今徐徐却看船行，又有锦缆牵之，异哉异哉，因而告报一船，以为创见。看他写来，便活是“何不食肉糜”，“为官乎，为私乎”一样妙人。一解。

鱼吹细浪摇歌扇，燕蹴飞花落舞筵。
不有小舟能荡桨，百壶那送酒如泉？

后解痛与针砭一下，不嫌唐突。“歌扇”“舞筵”，已极靡丽。又有水映歌扇，花缀舞筵，分外靡丽。水映、花缀，已是两重靡丽。又有鱼吹摇影、燕蹴飞红，天下事锦上起锦，花上增花，真有何限！此时舟中主人，乐而忘死。便谓鱼燕真大解事，千秋万岁，与君同之。而岂知舟中奇乐，乃全赖小舟来往，送酒如泉。不然，李延年、黄幡绰为丰年之玉诚有余，彼则岂真荒年之谷哉！读之使人务本重农之心，直刺出来。

陪李金吾花下饮

题不云“李金吾招饮”，而云“陪李金吾饮”，不以主陪宾，反以宾陪主，滑稽之极。

胜地初相引，徐行得自娱。
见轻吹鸟毳，随意数花须。

此一节是虚影“陪”字之意。首句妙在“初”字，有此胜地，自应频频招饮，而乃今始见招，何也？次句妙在“徐”字，初引之客，自应速速催赴，而乃慢慢起行，何也？着此二句，则其“见轻”可知矣。“见”者，先生见也。“鸟毳”，轻极之物。彼既意不在我，我意何尝在彼？今日为看花而来，则亦随意数花须而已。花须极难数，而得细细数之，想见一时宾主绝无唱酬，岑寂无聊之苦。数花须，是用王羲之少年事。

细草称偏坐，香醪懒再沽。
醉归应犯夜，可怕李金吾。

此一节乃是实写“陪”字。初引之客，不正坐而只偏坐，是不以客礼相待也。不以客礼相待，是坐则陪之坐也。主人无量，仅仅竭壶而止，是不能尽先生之量也。不尽先生之量，是醒亦陪之醒也。陪之坐，犹可言也；陪之醒，不可言也。末二句，先生谑浪尽兴之辞。金吾掌夜禁，其不使我尽醉而归者，谓醉必夜深，夜深必犯禁，李金吾似有诃禁犯夜之意。不然者，彼特地引我看花，而有花无酒，乘兴而来败兴而归，何也？

赠高式颜

此诗只用“老夫”二字翻覆成篇。前解忽然说是“老夫”，后解忽然又说未是“老夫”，老大狂态，从纸上跳脱而出也。

昔别是何处，相逢皆老夫。
故人还寂寞，削迹共艰虞。

看他直是忽然请一老夫，陪自家老夫，何曾特为高式颜赠。○不问别是“何年”，却问别是“何处”，只要追算得何处出来，便见两人本非老夫。如何无端一别，相逢遂遽如此刺眼骇心，真怪事也。正相逢时，两人气色寂寞不寂寞，原入眼便睹。只为头鬓可骇，便不及问穷，且先问老。又此诗通篇原以“老夫”字为章法，如“寂寞”两句，只补叙也。“皆”字妙，“共”字妙。老又皆老，穷又共穷，不能不想当时并少年、同高兴是何处也。

自失论文友，空知卖酒垆。
平生飞动意，见尔不能无。

后解忽更自思，自高别后，直至顷未逢已前，我亦真既老矣。酒垆如故，邈若山河，设不因老，胡一至是？此二句便将“老夫”二字，自己招承明白。下忽通身翻跌云：乃今日逢尔，却不知何故直与昔日接连，重新飞动。然则谁说我两人“老夫”，岂有“老夫”如此飞动者哉！○道树云：“富贵是我本无，固不望其到我；少年是我本有，奈何亦见夺耶！多哭老，略哭穷，先生别样血泪也。”

◈ 哀王孙 ◈

借一王孙说来，当时情事历历，岂非诗史！

长安城头头白乌，夜飞延秋门上呼。
又向人家啄大屋，屋底达官走避胡。

一解，便写尽无数事，如玄宗从延秋门出，满城达官悉已避去，方失落下王孙，入他人手，正未审几行始得到。轻轻插入“延秋门”三字，言玄宗从此去也。其事既在必书，然实书在玄宗名下，又失讳尊之体，因只写妖乌夜呼，便见用笔回避有法。且令出门时分外怕人气色都见。○“大屋”“达官”，字法。平时居大屋，作达官，此夜妖乌空啄大屋，屋下达官，去已久矣！写尽朝中大臣伎俩。嗟乎，何代无贤！○匹夫犹有托子之谊，身食其禄，而祸至先去，失落下其王孙，即何以自解？○看他只四句一解中间，便有如许阳秋。

金鞭断折九马死，骨肉不待同驰驱。
腰下宝玦青珊瑚，可怜王孙泣路隅。

不知者谓“金鞭”二句，是写玄宗；“宝玦”二句，是写王孙。殊不知此一解，是先生以异样妙笔，曲曲剔出“王孙”二字来。言是日路隅忽见泣者，悚然惊曰，是真皇帝骨肉也。本应同驱前后，不待竟去，遂至遗失于此。或问何故不待竟去？嗟乎！金鞭一断，九马尽败，宗庙社稷已不复顾，安暇复保妻孥哉！问皇帝不待，是诚有之，然今日路隅泣者何限，何用知此必是王孙？嘻！不见其腰下宝玦，乃是青珊瑚所装耶？是岂他家所宜有？一解四句，凡用无数曲法，曲出王孙来。

问之不肯道姓名，但道困苦乞为奴。
已经百日窜荆棘，身上无有完肌肤。

上解从青珊瑚上，已断知其为王孙。此解四句，却故意拗出去，岂不奇绝杀人！〇我自从青珊瑚上，断知其为王孙。及至问之，却并不肯吐出王孙字来。不但如是，及至口中吐出话来，却并不是王孙声口。因而察其脚色，又为久窜荆棘，通身破碎，亦全不似王孙千金娇养身躯。上解用无数曲法，曲出王孙字。此解用接连几拗全拗落。〇若云此只是叙当时实事，即岂复成语？刘会孟每恨杜诗粗俗，都为此等处不解其用手柔弓燥法耳！

高帝子孙尽隆准，龙种自与常人殊。
豺狼在邑龙在野，王孙善保千金躯。

上解故意拗去，然后用此解重复收来。先生于“王孙”二字，凡用三解十二句写成。若使他人作此，只如路傍一小儿，额上贴作“王孙”

字。○先从“宝玦”，断知其为王孙，然犹疑是偶尔。此又从“隆准”断知其的的王孙，是真高帝龙种也，何其与常人殊也！今日豺狼得志，龙偶在野，不足惜也。然豺狼终是豺狼，龙终是龙，此今日乞奴之躯，乃他日千金之躯。王孙大须善保之也。只因“善保”二字，渡出下半篇来。○此解三句定“王孙”二字，一句渡过下。

不敢长语临交衢，且为王孙立斯须。

半解却写得棱层之甚。为是不敢语？为是欲与语？上句充斥可畏，下句惠爱恻然。

昨夜春风吹血腥，东来橐驼满旧都。
朔方健儿好身手，昔何勇锐今何愚。

不敢长语，单向王孙私说二事，每一事作一解。○此一解说贼无大志也，唱乱健儿，久闻好手，乘势席卷，猝亦难制。今却有绝好消息：昨夜风吹血腥，却是橐驼东来，驮载所劫珍宝，志既在此，勇锐尽矣！此一快闻也。

窃闻太子已传位，盛德北服南单于。花门剺面请雪耻，

此一解，说肃宗即位灵武，回纥举兵助顺，又一快闻也。○一解四句，今却只写三句，且停一句在后，而另自横插两句入来，作千叮万嘱已，然后将第四句说出，足此解。世间那有如此裁诗法？使千年之下，亦那有如此看诗法哉！思之不胜万世子云之痛！

慎勿出口他人狙。

横插此一句。“狙”，巧诈也。我与王孙说，王孙勿说也。

哀哉王孙慎勿疏，

再横插一句。〇接连横插两句，总为不敢长语解。尚少二句，亦并补之。〇此“慎勿”，即上“慎勿”也，只加“哀哉王孙”四字，便比上句分外有持手跌脚之苦。

五陵佳气无时无。

接“花门剺面请雪耻”句下，言唐德未衰，其气已验。承上两快闻，吐此一快语，以结上“王孙善保”之案。却用两番叮嘱，方说出来，快语不敢快说，是喜是苦？

◇ 元日寄韦氏妹 ◇

寄妹如子耳。尚须不忘君国尔尔，况于身耶？由身说到妹，由妹说到郎伯，写尽骨肉流离之惨。而第四句偏遽念及京华。下解即反承京华，为不见朝正，故啼痕满面。举上三句一齐置却，真乃匪夷所思。

近闻韦氏妹，迎在汉钟离。
郎伯殊方镇，三句一气注下，第四句便作转。**京华旧国移。**

前一解“韦氏妹”，后一解“元日”。只首二句是先生语，下俱是妹语也。“近闻”“迎在”，则兄不见妹，妹不见兄。殊方作镇，则夫不见妻，妻不见夫。此两不见，何等惨毒，却都不用啼。下乃为不见朝正，故啼。啼之情理固如此。有“京华”句，遂转出下四句来。

春城回北斗，郢树发南枝。
不见朝正使，啼痕满面垂。

在元日，故有“春城”字。“北斗”，非谓长安北斗城，只是建寅之月，斗杓所指耳。钟离属濠州，在楚，故曰“郢树”也。身不在京华，故不见朝正之使。既不见朝正，自然涕泪满面。彼骨肉流离，又次之矣。此二句为是先生写妹，为是先生自写？妙在说向韦氏妹分中去，先生身陷贼中之苦，不言可知。

◈ 玉华宫 ◈

看四解“冉冉征途”句，知此诗及下《九成宫》，乃公奉墨制还鄜州路经有见，因记之也。

溪回一境。**松风长，**又一境。**苍鼠窜**又一境。**古瓦。**又一境。
不知何王殿，遗构绝壁下。

此第一解。四句乃叙事，非写景。看他逐节逐节，迤逦而来，先说缘溪而行，溪回亦回，是一境。乃溪未回，无松风；溪一回，忽有松风，是又一境。因风看松，因松见鼠，是又一境。见鼠，鼠窜；鼠窜，瓦见，是又一境。迤逦凡写曲曲四境，然后玉华宫在绝壁之下。彼俗手即安得不向第一句便直叫出耶？〇此解全用《古诗十九首·青青河畔草》法，先生自云“熟精《文选》理”，不我欺也！

阴房鬼火青，怕人。**坏道哀湍泻。**怕人。
万籁真笙竽，可人。**秋色正潇洒。**可人。

此第二解，四句方是写景。不知者谓“溪回”等亦是景，岂不嫌其复。〇四句写景，却分两番。“阴房”二句，就“何王”写，写得怕杀人。“万籁”二句，就先生写，写得妙杀人。夫怕杀前人，却已妙杀后人，然则益怕杀前人也。○“阴房”二句，他人所及；“万籁”二句，他所不及。正是最惨句，仔细思之，欲哭反笑。

美人为黄土，况乃粉黛假。为近有符坚墓。

当时侍金舆，故物独石马。侵二字。

今即石马又安在？

忧来藉草坐，浩歌泪盈把。

冉冉征途间，谁是长年者？

本欲哭人，忽然自哭。正欲自哭，忽然不哭。哭人痛，自哭痛，总不如不哭尤痛也！○看他“溪回”等句，一路是行来到，然忽然藉草坐下，人生至此，真是通身都歇。

羌村三首

第一首，初归。第二首，既归。第三首，归之明日。要看他写归家气色情抱许多事，却纯是写不忘沟壑，决不应归，一片幽愤。全是笔力异样，故有此事。

峥嵘赤云西，日脚下平地。

柴门鸟雀噪，归客千里至。 十五字句。五字句。二字句。三字句。

看他先写临到家时。薄暮门前，眼见耳闻，如此气色，使千载后人，如同在此一刻。最怕人者，家中未见人归，归人先见家中，一也。未知家中何如，先睹门前如此，二也。未至，心头只余十里、五里，既至，便通共千里，三也。一解二十字，写尽归客神理。

妻孥怪我在，惊定还拭泪。
世乱遭飘荡，生还偶然遂。

"怪我在"，用《论语》成奇句。不必道，偏看他笔墨倔强，不写几死幸生，相煦相沫之语。一则曰"怪我在"，一则曰"偶然遂"，人已归矣，还作十成死法相待，岂非异致！

邻人满墙头，感叹亦歔欷。
夜阑更秉烛，相对如梦寐。

上解人已归，还作十成死法待，故承此解结也。"邻人满墙"，如画。"亦歔欷"，妙绝是一"亦"字。千里间关，十成死法，我自受之，我自知之。今我歔欷，渠亦歔欷。渠岂能知我百千万分中之一分耶？可发一笑也。"更秉烛"妙，活人能睡，死人那能睡？夜阑相对如梦，此时真须一人与之剪纸招魂也。右初归。

其二

晚岁迫偷生，还家少欢趣。
娇儿不离膝，畏我复却去。

此解用意最曲，不说不知，说之便朗如日月之在怀也。既归后，忽然自想早岁出此门去，岂不自谓致君尧舜，返俗黄虞，功成名遂，始奉身退，壮矣大哉！快乎乐也！乃今心短计促，迫为偷生，窜身还乡，昔图总废，咄咄自诧，又何惫欤！娇儿心孔千灵，眼光百利，早见此归，不是本意。于是绕膝慰留，畏爷复去。四句总是曲写万不欲归一段幽恨。

忆昔好追凉，故绕池边树。
萧萧北风劲，抚事煎百虑。

承上幽恨不可明说，于是诡辞谢之也。昔绕树追凉，今北风日劲，夏冬如此，壮老亦同，我无复又去也。

赖知禾黍收，已觉糟床注。“赖知”“已觉”，是初到家妙理。
如今足斟酌，且用慰迟暮。

因又细说所以不复又去之故。“禾黍收”“糟床注”六字，生理足矣。“如今”妙，便明明说未归已前，饥渴不免，如今正复快意，安忍反弃去也？呜呼！先生则岂酒杯饭碗边人？末句“且”字分明败露。由来志士，不与妻子实语，类如斯矣。右既归。

其三

群鸡正乱叫，客至鸡斗争。
驱鸡上树木，始闻叩柴荆。

一解。写叩门，却三句写鸡，笔态奇恣。

父老四五人，问我久远行。
手中各有携，倾榼浊复清。

父老一问，直得无言可对，何也？先生远行，专为普天父老。今榼中清浊酒味如此，然则父老欲问，我只须各自问：特地出门五年十年，而俾父老耕地无人，羞杀也！愤杀也！先生妙笔，全在无字处如此。从来人读此以为平平。

苦辞酒味薄，黍地无人耕。
兵革既未息，儿童尽东征。

即用上解意，又反复申明之。先生被父老一问，方在无言可对，乃父老反为酒薄自愧，说出无数絮叨，句句曲解酒薄缘故，句句热剥先生面皮，真异样奇笔。

请为父老歌，艰难愧深情。
歌罢仰天叹，四座泪纵横。

我贻汝以艰难，汝报我以深情，真正愧杀也！〇前父老问，竟到底不答。至此但请为歌，歌即歌“艰难愧深情”五字也。歌罢浩叹，虽父老皆作殷浩咄咄矣。右归之明日。

赠陈二补阙

此诗以嘲讽为赞叹，另是一体。

世儒多汨没，叹绝。**夫子独声名。**
献纳开东观，君王问长卿。此二句，亦寓讥切时政意。

不言世人早荣，子独晚遇，却言世多汨没，子独声名，似庆快之至，而实感伤也。三四句，正写“补阙”。

皂雕寒始急，天马老能行。

自到青冥里，休看白发生。正挽首句，不哭而悲。

五六句，“寒”字、“老”字，皆惜其老而得官。七句，收三四及二句。八句，收五六及首句。通篇只是一意。

送孔巢父谢病归游江东兼呈李白

孔巢父、李白，同是竹溪六逸中人。

巢父掉头不肯住，东将入海随烟雾。句法奇。

诗卷长留天地间，钓竿欲拂珊瑚树。

深山大泽龙蛇远，“龙蛇远”下加何也转下。○“深山”句，只换得一“远”字，便成妙句也。

春寒野阴风景暮。

蓬莱织女回云车，指点虚无引归路。《列仙传》写不出此七字。

自是君身有仙骨，世人那得知其故。

惜君只欲苦死留，“君”指蔡侯。○“君”字，恐即上“君身”“君”字。盖云世人不知其故而惜君，惜君，故苦留君也。下蔡侯，则非世人比，故能放之去，但嘱令寄我书。富贵何如草头露？

蔡侯静者意有余，佳宾便有贤主作衬，故下“静者”字。清夜置酒临前除。

罢琴惆怅月照席，几岁寄我空中书？从“罢琴”七字，生出“寄书”七字来。○“罢琴”，席毕也。“惆怅”，将别。“月照席”，反不别也。“寄我”欲其寄也。“几岁”，不敢必其寄也。“空中”，写仙人本色也。

南寻禹穴见李白，将没下落人，结有下落人，妙绝。○反结。道甫问信今何如？

◇ 寄高三十五书记 ◇

首“叹息”二字，冒下八句。

叹息高生老，新诗日又多。
美名人不及，佳句法如何。

一二三四句，写“高三十五”四字。首句，叹其老无一官。次句，叹其老而好学。三句，承首句，叹其非无名闻者，而胡为而至于老也？四句，承二句，叹其虽老而诗益工，非率尔成篇比也。

主将收才子，崆峒足凯歌。
闻君已朱绂，且得慰蹉跎。

五六七八句，写“书记”二字，亦重叹之。五句，叹其虽得一官，不过为主将所奴隶耳，亦承首句、三句来。六句，叹其不得黼黻朝庙，仅得为哥舒作凯歌也，亦承二句、四句来。结以自家蹉跎，收束一二三四句，极足。

月

（天上秋期近）

疑者曰“蟾”“兔”此亦并用，似习套语。先生独能不避。

天上秋期近，人间月影清。
入河蟾不没，捣药兔长生。

一二句见月，三四句赞月，五六句骂月，结二句戒月。一二句之妙，妙于天上只说“秋期”，人间方说出“月”，造语新妙。三四句，“蟾”“兔”切月。

只益丹心苦，能添白发明。 绝妙好辞。
干戈知满地，休照国西营。

三四“蟾”“兔”，固切月事。五六句，却用“丹心”“白发”，与月何与哉？乃深于诗者则曰：正为丹心白发故咏月耳，若“蟾”“兔”于月何与哉？结二句，戒月勿照西营，似意在月，而实在“丹心”“白发”四字也。

晚出左掖

此诗最难看，细玩乃得之。

昼刻传呼浅，是昼未晚。春旗簇仗齐。是立仗未入掖。
退朝花底散，散仗矣。归院柳边迷。方入掖。

或问:《晚出左掖》何以有一二三四句耶？盖所谓“原题法”矣！夫“晚”，则必由早而午而后晚也。“出左掖”，则必由入朝而退朝而归掖而后出掖也。今若但写“晚出左掖”，则君子无日不念其君之悃，将遂释然于怀耶？故必原题云云。首句，未晚也。二句，未在左掖。三四句在左掖矣。然四句方是在左掖，三句是退朝而后入左掖也。

楼雪融城湿，宫云出殿低。晚矣。
避人焚谏草，掖务毕矣。骑马欲鸡栖。出掖已晚矣。〇“欲”字，言日色欲也，非言已欲也。有抹其不成句者，何哉？

花底柳边，虽写掖垣景，然意尚写未晚景也。至五六句，雪湿云低，始正写“晚”字。七句始正写“左掖”，八句始正写“出”字。而七句“谏草”，是左掖事。“焚谏草”，则掖中公事既毕，又应出矣。八句中，“骑马”是“出”字；然“欲鸡栖”，则日已向晚，非浪出矣。此诗只是“退食自公，委蛇委蛇”化来。

◇ 春宿左省 ◇

此诗之妙，妙于将题劈头写尽，却出己意，得大宽转。

花隐掖垣暮，啾啾栖鸟过。
星临万户动，月傍九霄多。

只起二句，已尽题矣。何也？“掖垣”者，左省也。“暮”则应宿之候也，却于“暮”字上加“花隐”二字，补“春”字也。“啾啾栖鸟过”，言万物无不以时而宿也。如此十字，“春宿左省”已完矣。下六句，何也？是则老杜一腔忠君爱国之心，而非诸家之所知也。三，“星临万户动”者，于左省而念及其民也。四，“月傍九霄多”者，于左省而念及其君也。二句，足上“暮”字意。

不寝听金钥，因风想玉珂。
明朝有封事，数问夜如何。

五，“不寝听金钥”，则宿而思其君，有辟门之难也。六，“因风想玉珂”，则宿而思其臣，有献替之忠也。结二句，始收到自己宿左省者。数问如何，则自明夙夜匪懈，未尝卧也。后之读此诗者，若欲知老杜封事为何语，则不出“下念百姓，上念君父；上者纳言，下者效忠”四语而已。嗟乎，岂咕哔小儒所及知哉！

酬孟云卿

前四句，当回环读之。

极乐伤头白，更深爱烛红。
相逢虽衮衮，告别莫匆匆。

犹言今夜乐极矣，但此生那得更几番乐极耶？则且极今夜之乐；而又深幸红烛，足助人极乐也。○遇知己，故乐极。图后会，故伤白。惜此夕，故更深。得尽欢，故爱烛也。四句曲折串成句矣。

但恐天河落，宁辞酒盏空。
明朝牵世务，挥泪各西东。

测然一遇，又成梦事，可痛！

观安西兵过赴阙下待命二首止一首

此诗是讥当时勤王之师迁延不进，又无节制也，而用语特浑。

四镇常精锐，摧锋皆绝伦。
还闻献士卒，足以静风尘。

起二句，姑予之。三四句，言闻其如此，未见其足以如此也。

老马夜知道，苍鹰饥著人。
临危经久战，用意始如神。

五句，讥其夜不辑将士，妄行者多也。六句，讥其时肆劫掠也。结讽其尚必用意，始得如神也。言之无罪而闻者足戒，其是诗之谓矣。

不归

此是先生极奇极创之笔。

河间尚征伐，汝骨在空城。

从弟人皆有，只是“人皆有兄弟”五字，只换一字，成此妙句。终身恨不平。

上半言河间战征，从弟遂死及三年。于是人皆有兄弟而公独无也。

数金怜俊迈，总角爱聪明。
面上三年土，春风草又生。苦语不可多想，又以妙句，故偏耐想。

下半因死及三年，而追至幼时如此聪俊，而今化为黄土，春草生其上者，已非一遍也。○仔细看来，却又分“河间”字、“征伐”至“又生”字，共三十九字为一番，言从弟死于河间，至今未收其骨也。分“尚”字独为一番，言所以三年犹未收其骨者，正为河间征伐，至今尚未休也。可谓奇格矣哉！○通解之则曰：我有从弟，今死河间已三年矣，其骨犹未收者，何也？夫数金即怜之，总角又爱之，闻尔死则终身恨之，我之于弟，非无情者也。然忍令其骨在空城面土生草，则实惟征伐未止，不可得收故也。

独　立

操危虑深，故云“独立”。

空外一鸷鸟，河间双白鸥。

飘摇搏击便，容易往来游。

起二句写得阴贼人与忘怀人如画。○明明一鸷鸟，尚不知而游于河间。恨不在三句之“便”，正恨四句之“容易”也。后解“近”字，正是一副语。

草露亦多湿，蛛丝仍未收。
天机近人事，独立万端忧。

露又湿，蛛又丝，可见当时处处不容人入脚。“独立”者，言诸子皆往而受祸也。

狂夫

味此诗，有何人浊人清，人醉人醒？看先生何等胸次！

万里桥西一草堂，百花潭水即沧浪。
风含翠筱娟娟静，雨浥红蕖冉冉香。忍饿看花，我友张存贞亦尔矣。

胸中忍饿，有何意兴尚云“娟娟”“冉冉”？不尔，便是忍饿不得人。即作得下一解诗，亦是乞儿骂人，徒自取恶。○“风含翠筱”而云“娟娟静”，言其得雨而“娟娟”也。“雨浥红蕖”而云“冉冉香”，言其得风而“冉冉”也。立言之妙如此！

厚禄故人书断绝，恒饥稚子色凄凉。
欲填沟壑惟疏放，自笑狂夫老更狂。

犹言欲填沟壑矣，还只是疏放，此谓其狂不可及也。

南　邻

此诗殆先生自谓。

锦里先生乌角巾，园收芋栗未全贫。
惯看宾客儿童喜，得食阶除鸟雀驯。

“乌角巾”，三字痛绝！如此人而令之角巾终身，岂非天下之不幸哉！○一句写出其人，二句写其澹泊明志，三句写其吐握殷勤，四句写其恩泽下被。

秋水才深四五尺，野航恰受两三人。
白沙翠竹江村暮，相送柴门月色新。

五句写其胸无尘滓，六句写其度量宽容，七八句写其功成名遂，进以礼，退以义，绰绰有余也。○“白沙”，表其洁；“翠竹”，表其节。不尔者，如何是暮景？

徐　步

读之极似即事诗，而题曰“徐步”，“徐”字妙。篇中并无一“徐”字，而实句句皆“徐”也。

整履步青芜，荒庭日欲晡。
芹泥随燕觜，花蕊上蜂须。

燕与蜂，汲汲然如将不及，即其“泥随觜”，“蕊上须”。彼徐步者，何所得沾耶？徒目睹而心动耳。首句“整履”二字，写尽生平。天下卤莽人，往往得应时及令，安见整履者必能有及耶？荒庭日晡，何可胜慨！

把酒从衣湿，吟诗信杖扶。
敢论才见忌，实有醉如愚。

五六句云云，为欲下下二句，故先安此以为话端。

水槛遣心二首止一首

前半幅，写胸中极旷。后半幅，写胸中自得也。

去郭轩楹敞，无村眺望赊。
澄江平少岸，幽树晚多花。

看他意思，全不取“轩楹敞”“眺望赊”，只重“去郭”“无村”为乐耳。三四句，写出无町畦而有情致也。

细雨鱼儿出，微风燕子斜。“细雨出”，“出”字妙，所乐亦既无尽矣。“微风斜”，“斜”字妙，所苦亦复无多矣。
城中十万户，此地两三家。

“城中十万户”，不知“此地两三家”；两三家不知鱼儿、燕子；鱼儿、燕子不知先生同处微风细雨之中。而各著其所著，各兢其所兢，所得甚少而所失甚大，吾多于此等事一叹！○昔所本无何必有，今所适有何必无？先生句不必如此解，然此解人胸中固不可无也。且端木“切磋”之诗，亦断章取义久矣。

◈ 悲 秋 ◈

一句秋，二句悲。三句秋，四句悲。五句秋，六句悲。七句秋，八句悲。

凉风动万里，群盗尚纵横。
家远传书日，秋来为客情。

首句“凉风动”三字是“秋”，妙在“万里”二字，生出“悲”来。二句群盗纵横是“悲”，妙在“尚”字，挽出“秋”来。三句虚幻之极，凭空说即今家中，定当寄书来，则非秋而何？然秋在此而悲在家中矣。四句只平平对过，然亦以“为客情”三字赋“悲”字。而“秋来”二字又结，挽定“秋”字。正不辨其秋生于悲，悲生于秋也。

愁窥高鸟过，老逐众人行。
始欲投三峡，何由见两京。

五句，鸟至秋而高飞，写“秋”字极高简。然文势与六句相抱成章，言鸟能高飞而过，朝出暮还，人何为而不如鸟乎？盖垂白之老，犹逐众人，不言悲而悲可知也。“愁窥”“老逐”，对得参差变动，可法。七句，正指秋日欲投峡也。八句总结“悲”字，忧朝廷也。故读此诗者，谓其悲秋，则不知老杜；谓其悲无家，亦岂知老杜者乎！

严公仲夏枉驾草堂兼携酒馔得寒字

换上下半首之妙，真是鬼神于文者。

竹里行厨洗玉盘，花边立马簇金鞍。
非关使者征求急，承首句。自识将军礼数宽。承二句。

“玉盘”“金鞍”字，岂是穷眼生花，正于“竹里”“花边”成趣矣。

百年地僻柴门迥，五月江深草阁寒。
看弄渔舟移白日，老农何有罄交欢。

俗儒读五六句，只谓写景如仙。岂知与上“玉盘”“金鞍”作对哉！盖言一无所有，奉答盛意，只看弄渔舟，便算一景致矣。

陪王侍御宴通泉东山野亭

二解八句，只得“何处是京华”五字。

江水东流去，清樽日复斜。

异方同“同”字痛！宴赏，三句一笔。何处是京华。

“东流去”是东瞻，“日复斜”是西望，便使“何处是京华”五字跳脱而出。而又“东流去”“日复斜”，便有日月逝矣，岁不我与之痛。京华何处，安得闲暇作宴赏也！

亭景临山水，村烟对浦沙。此方是写景。
狂歌遇形胜，得醉即为家。

正是懊恼之至。

北　征

《北征》，先生自行在奉诏还鄜州，迎看家室也。题是北归，通篇诗，全是忧劳朝廷，一片深心至计。虽十六解至二十三解稍叙妻女，然纯是心在朝廷，恍惚如梦语。读之悲感横生，涕泪交下。

皇帝二载秋，闰八月初吉。
杜子将北征，苍茫问家室。

《北征》起一解，竟如古文辞，望之不复谓是韵语。开后来卢仝、韩愈无数法门。〇年月日，杜子将北征问家室，中间只插“苍茫”二字，便将一时胸中为在为亡无数狐疑，一并写出。

维时遭艰虞，朝野少暇日。
顾惭恩私被，诏许归蓬荜。

二解。忽作突兀之笔，言尔时于势于情于理，总不得北归。然蒙被私恩，诏既许之矣。先生北征时，初动笔便提出“诏许”二字，所谓家固臣之家也，臣恶得不念？乃身则君之身也，然则不蒙诏许，臣焉敢自去哉？作得如许诗垂示后人，不知增长几许忠义。○《北征》诗通篇要看他忽然转笔作突兀之句，奇绝人。

拜辞诣阙下，怵惕久未出。
虽乏谏诤姿，恐君有遗失。

上既被诏，三解便入拜辞，写得次序有法。○上云不被诏不敢归，此云被诏已，犹不肯归。不只见其笔势之曲，且服其笔力之大。然总是一片极厚心地中流出来，若无此一片极厚心地，亦生不出如此大力曲势。

君诚中兴主，经纬固密勿。
东胡反未已，臣甫愤所切。

四解。承上“恐君遗失”句未免过戆，因更转口作好语云：君之经纬密勿，固是中兴圣主，更无纤毫须臣补救；乃臣之临去，又若是其恋恋者，蠢兹未靖，愤切于心，遂不觉发言径直，不复自顾忌讳也。此解只作周旋上解之第四句。

挥涕恋行在，道途犹恍惚。
乾坤合疮痍，忧虞何时毕？

五解。始别行在，上道北征，写得全不是归途语。“挥涕”句，是初出行在。“恍惚”句，是已在道途。措句庠序有法。“合”字言无处不然。

靡靡逾阡陌，人烟眇萧瑟。
所遇多被伤，呻吟更流血。

六解。逾阡度陌，与行在渐远。“人烟”者，远望村市，其烟多者，其人亦多，少者亦少，故古字法连曰“人烟”。眇，不正视也。逾阡逾陌，眇望人烟，竟日萧瑟。丧乱之后，势必然也。居者为人烟，行者为所遇。今居者全无，行者或有，然皆被伤，问之则更泣血也。

回首凤翔县，旌旗晚明灭。

七解。忽然又回顾行在，笔势突兀。○此解只二句者，咽不成声，不复能长也。

前登寒山重，屡得饮马窟。
邠郊入地底，泾水中荡潏。

八解。写一路所经，遂与《水经注》争奇。

猛虎立我前，苍崖吼时裂。
菊垂今时花，石戴古车辙。

上解是总写一路，此九解是独写一处。世间有如此怪文，陡然写一猛虎出来，为是真一猛虎，为是实无猛虎？设使真有虎在前，是日竟如何得过苍崖也耶？先生异样眼力，上观千年，下观千年，故今日行到此处，便明明见有一虎，正立我前，振威大吼。必问虎在何处，哀哉小儒！此事至所以无备，事去又复置诸无患也。试观苍崖分裂，却是为何？昔无虎吼，何以至此？此二语，便是《留花门》《塞芦子》等诗之根。小儒无长虑深顾，今日行到此处，只见今时菊花，不见古时辙迹。夫前人之败，正是后人之戒。设使于此等处，不知惊心骇瞩，即一部十七史，明载若干兴亡事迹，于后人终成何用？看先生如此眼光，如此学力，却于一路景物上，轻轻写出来。○此解四句，骤读茫不知所解，及至解得后，便因而悟上解"入地底""中荡潏"等语，却是写秦中险阻，遂令"屡得饮马窟"五字，不觉读之胆寒。盖"饮马窟"云"屡得"，则知此处前人必设重兵也。急接之以"入地""荡潏"二语者，此处有重兵则得险，无重兵即失险。得即我之险，失即他人之险也。"入地底"三字，写寒山自上临下，陡绝之势如画，又加以泾水荡潏，一陆一水，真是天险不可飞渡也。

青云动高兴，幽事亦可悦。
山果多琐细，罗生杂橡栗。
或红如丹砂，或黑如点漆。
雨露之所润，甘苦齐结实。
缅思桃源内，益叹身世拙。

上二解临险思害，便有英雄惟我意思。然试置青云，数幽事，则一路景物，又有别样可悦。二语结上转下，笔态曲折之甚，却不成一解。○十解、十一解，则写幽事可悦也。山果琐细，千态万状，到处深山绝谷，无不汗漫生遍。虽曾不蒙人齿牙盼睐所及，然而红黑甘苦，莫不各自尽情极致。因思人生在世，不过亦如草木一例罗生，各自结实已耳，何苦定欲作夔、龙、伊、吕等人，必为人齿牙盼睐之所得及乃为快乎？遂不觉遥望桃源，自叹计拙矣。○二解接前二解，笔势起落之甚。

坡陀望鄜畤，谷岩互出没。
我行已水涯，我仆犹木末。

十二解。○前回首凤翔，是去君已远而忽然重顾。此坡陀远望，是到家将近而忽然先望，都是一样奇笔。“谷岩互出没”五字，便是一幅平远画，写得鄜州远已不远，近还未近，已是目力所及，尚非一蹴所至，妙绝！我已水涯，仆犹木末者，我心急步急，仆心宽步宽。仆本不自知其迟，然不因仆迟，我亦不自知其急也。看他用“已”字、“犹”字，都是心急中写出。

鸱鸟鸣黄桑，野鼠拱乱穴。
夜深经战场，寒月照白骨。

十三解。重写一番景物者，从来千里还家，最是九百里后将欲到之百余里，极是心头闪闪忽忽。于是克时袖占，即物取谶，无数忧疑，一时毕集。今鸱鸟鸣桑，野鼠拱穴，何其气色不祥之至也？未知家人在耶，否耶？正复委决不得。接下“夜深”“月照”“战场”“白骨”，便十分中九分已不复在。写将到家人闪闪忽忽心头，真乃鬼工矣！

潼关百万师，往者散何卒？
遂令半秦民，残害为异物。

十四解。○上解本为将到家，心头疑忌，故说到白骨。此解却因白骨陡然直追恨到哥舒翰事。一提起朝廷大计，便全然忘却家中矣。看他笔势如此来，却如此去，真如龙行天矫，使人不可捉搦。○哥舒翰师败而降也，此只云“散”者，为贤者讳也。百万雄师，卒然便散，此系何人？果系何故？问得严切。遂令秦民半为异物，“遂令”字，此罪真不可不寸磔也。

况我堕胡尘，及归尽华发。

十五解。承上言只因潼关一败，秦民便半为白骨。贼臣之祸，其烈至是！何况于我之陷在贼中，间关难归，又其小者，乃以为恨耶！方说不足恨，却已咽住，不能成一解，盖恨极矣。

经年至茅屋，妻子衣百结。
恸哭松声回，悲泉共幽咽。

十六解。始到家。〇生还骤见，不觉失声一恸。却又因生还骤见，即时收泪忍住。“松声回”，写一恸。“悲泉咽”，写忍住。生还骤见，真有此事也。

平生所骄儿，颜色白胜雪。
见爷背面啼，垢腻脚不袜。

十七解。自此以下，细写家中苦事。〇儿上写“平生所骄”，正与今日“见爷背面”，映出久别苦境也。平生骄儿，其颜胜雪，下若云今日还看，其黑如铁，便是张打油恶诗。看他只用“背面”二字，轻避过今昔黑白不同丑语，却别以脚上垢腻，似对不对，反形之。刘会孟奴才，每憎杜诗丑，试看杜诗如此避丑。

床前两小女，补绽才过膝。
海图坼波涛，旧绣移曲折。
天吴及紫凤，颠倒在短褐。

十八解。过膝短褐，约是前岁称身之物。经年以来，绽裂补缀，既已多次，花纹绣样，七颠八倒，写得奇绝人。

老夫情怀恶，呕泄卧数日。
那无囊中钱，救汝寒凛栗。

十九解。“那”字即“奈”字，承上儿女褴褛如此，若使囊中有少帛，便可每人略作周旋。今则忝为人父，而索手无策。心事烦恶，呕泄兼发，赖得此病，坚卧数日，自云节劳，实惟避着矣。

粉黛亦解包，衾裯稍罗列。
瘦妻面复光，痴女头自栉。
学母无不为，晓妆随手抹。
移时施朱铅，狼藉画眉阔。

二十解。二十一解。只用“自伯之东”四句诗翻写出来。却因巧插

"痴女"一段，便认不得。○"痴女自栉"，不知者谓是写女，殊不知乃是写母。试思何至任其随手朱铅，画眉狼藉？只因此时母方加意梳掠，故全不知娇女在侧翻盆倒箧也。况明有"学母无不为"句，看他本意写母，却旁借痴女影衬，便令笔墨轻茜清空之至。○女子只须丈夫回家，便一天大事都毕，因而粉黛衾裯，一时罗列，自是人情物理，自然必至之极致。岂知先生乃念念不忘朝廷，如下文转笔，一去更不复来，真正异样奇文也。

生还对童稚，似欲忘饥渴。
问事竞挽须，谁能即嗔喝。
翻思在贼愁，甘受杂乱聒。
新归且慰意，生理焉得说。

二十二解。二十三解。○"问事挽须"四句是一解，"生还"二句合"新归"二句是一解。先生每有将一解割开，横插一解于中间者，皆有故。即如此诗，是本欲于"生还"已后，计算生理；却又自念，既得生还，又见童稚，只此二事，足忘饥渴。然则只好且自慰意，安能连夜便觅生理？此皆辗转反侧，无法可处语。却正当先生低头计算，如是云云之时，彼童稚不知老人心曲，但见兄妹争先，杂乱问事，稍迟应答，竞上挽须，初欲嗔喝，既又甘受。一解在先生心头，一解在先生膝上，乃是一时齐有之事，不得不作夹叙法，割开前解，横插后解也。○写贫士饥寒，儿女并作一块，苦事如画。

至尊尚蒙尘，几日休练卒。
仰看天色改，旁觉妖氛豁。

二十四解。陡然转出至尊，笔势突兀之至。〇此解写得不惟不顾救饥生理，且并不顾挽须儿女。陡然念及至尊，陡然仰看天色，妙绝！

阴风西北来，惨淡随回纥。
其王愿助顺，其俗喜驰突。

二十五解。言近闻回纥送兵，虽系其王助顺，亦是俗喜驰突。二者实惟兼而有之。下解“圣心虚伫”，只为其助顺；“时议”不决，亦为其驰突也。

送兵五千人，驱马一万匹。
此辈少为贵，四方服勇决。
所用皆鹰腾，破敌过箭疾。
圣心颇虚伫，时议气欲夺。

二十六解。回纥以驰突之俗，今来助顺。送兵五千，驱马一万，来即易来，去或难去。盈廷大臣，共议拒虎进狼，不如以少为贵，诚乃老成深忧至计。然四方所服，亦在勇决。勇有真勇，决有真决。勇决既定，又何复忧？不但今日全副仰托固非，彼一味忧畏亦非。二十七解。便承

"勇决"二字畅筹之也。回纥既是驰突之俗，便皆鹰腾之士。兵法"一鼓作气"，又云"用其朝气"。彼既以助顺入来，便当乘其盛怒，用其至锐，疾命破敌，逾于射箭，此为真勇，四方之所服也。今圣心乃颇虚伫，而时议筑室，累日不决。彼兵临境候旨，拒纳两无所出，迁延久之，朝气夺矣，是为可惜之至！真恨前日北归，不得在彼中力持勇决之论也。○右二解，若以后解之结结前解，而以前解之结结后解，便畅。然而先生欲如此，此解只写上文"勇"字，"决"字且藏过不提起。何谓"决"？疾用之，疾遣之，其来也不必疑，其去也不必惑，优以金帛，封以名王，封关绝之，无少留恋，此处亦是少迟即不可之事。细思一"勇"一"决"，窥先生之雄略盖世，诚使得用，诸葛公不足二也。○读"破敌过箭疾"语，便觉"此辈少为贵"语，真是老生常谈。○已上三解，筹用回纥之法。只十二句，凡有无数筹画。

伊洛指掌收，西京不足拔。
官军请深入，蓄锐伺俱发。

二十八解。承上"勇决"言，诚得箭疾破敌而下，则伊、洛、西京，破竹便收。向来首鼠官军，亦复闻风雀举，莫不蓄锐俱发，效死深入。盖"勇决"之效，其疾如此。○读"官军"二语，知世间有上将，无上兵；有神医，无神药。向使官军真已蓄锐，即又何烦回纥？故知效死深入，一段锐气，只在一刻风信中蓄出来。故知此二句十个字，正与上"指掌"字、"不足"字一样用法，此先生所以深望"勇决"也。若如时议畏缩，官军岂复有此哉？试看先生盖世雄略！

此举开青徐，旋瞻略恒碣。
昊天积霜露，正气有肃杀。

二十九解。承上再作畅语。“此举”字妙，犹俗言“那回”。那回则不止杀贼，因更荡涤中原，普天整顿，昊天肃杀，使人快睹。通篇苦诗，独此四句使人开胸吐气，踊跃快活。

祸转亡胡岁，势成擒胡月。
胡命其能久，皇纲未宜绝。

三十解。已上三解，都是自作意外快语。

忆昨狼狈初，事与古先别。
奸臣竟菹醢，同恶随荡析。
不闻夏殷衰，中自诛褒妲。
周汉获再兴，宣光果明哲。
桓桓陈将军，仗钺奋忠烈。
微尔人尽非，于今国犹活。

三十一、二、三解。非重述往事，乃是因上劝行在“勇决”，而忽思昨日明皇帝之亡而不亡，亦正在于“勇决”也。“奸臣”，杨国忠也。“同恶”，斥妃子也。陈将军，陈玄礼也。玄礼首建诛国忠之策，明皇不惜妃子，便杀以谢众，此等“勇决”，实是从来所无，今日中兴，不其宜乎？不尔，则人已尽非，国岂犹活？其事最近，胡可不证？○如“褒妲”“夏殷”等字，正以参差不整为善用耳。必欲改“夏殷”为“殷周”，则又安可不正“褒妲”为“妲褒”耶？鄙儒可发一笑。

凄凉大同殿，寂寞白兽闼。
都人望翠华，佳气向金阙。

三十四解。从京师想望收复说来。深幸至尊，早得决计。下“凄凉”“寂寞”字妙，如此恶字，却有用得绝妙时。

园陵固有神，洒扫数不阙。
煌煌太宗业，树立甚宏达！

三十五解。笔势突兀之甚。○自劝至尊早决大计收京，其辞往返曲折已尽。至此，却陡然提出“煌煌太宗”，以昔者太宗树立甚宏达如彼，岂在天有灵，顾不式凭其后人，使亦树立宏达耶？祖宗之园陵，既神灵赫然，子孙之洒扫，又岁时无阙，然则幽冥呵护所在，勇决定计必矣。我小臣又何烦眷眷不释，唧唧不休耶？于是其诗遂止，更不重说到儿女生理，只愿朝廷收京了，便全家饿死亦足！

◇ 画鹘行 ◇

篇中先生自云“写此神俊姿，充君眼中物”，今看其一起一结，真乃写此神俊，充我后人眼中矣。咏鹘便笔笔纯用鹘势：起时，瞥然飞到人眼前；结时，瞥然飞出人意外。真是自来未见如此俊物也。

高堂见生鹘，飒爽动秋骨。
初惊无拘挛，何得立突兀。

题是画鹘，诗却是生鹘，骤然读，令我吃惊。直至转入下第二解，始爽然一笑，叹先生用笔之奇。○“初惊”，一奇；“何得”，一奇；“乃知”，一奇。接连用三奇笔，都从“飒爽动秋骨”五字中跳脱而出也。○一解。读之便似生鹘当面直掠过来，其势极俊。

乃知画师妙，巧刮造化窟。
写此神俊姿，充君眼中物。

二解，方说是画。○“画师妙”，非言所画之鹘妙，乃画师肯画鹘，故妙也。天地之间，号物有万，手边眼底，何不可画？而必深入化窟，搜括尽情，择此最俊，方充君眼，妙矣哉！向使随笔涂抹，泼作猪鼠虾蟆等物，即岂不大受其毒，然亦恶能禁之？而此画师独用意若是，不知为是渠自性爱此神俊之姿，抑是渠深信君必爱此神俊之姿？此皆未可知，而总之此画师之妙，真是超出常情万倍矣。四句一气说成，于第二句下，不得略住。〇读“充君眼中物”五字，想吾辈平生之苦，安得倩此画师作阍人，为我一扫除之乎！

乌鹊满樛枝，轩然恐其出。
侧脑看青霄，宁为众禽没。

三解，写出真正名士意思寄托。〇画鸾凤、鸿鹄，则四围可画众鸟。盖身量比众鸟特大，看去自然主伴分明。今画鹘，是其身先与众鸟相等，况乎众鸟又多于鹘，设使用意不至，鹘且没于众鸟之中，乃是必然之事。所以庸工于此，先避难路，宁于四围多画樛枝，不施乌鹊，盖父传子，师教弟，只用此一路藏拙，自古往往而然也。今此师画一鹘后，却于樛枝多作乌鹊，正是故走难路。第二句用倒句法，言恐其轩然而出。“轩然”字，是乌鹊意中恐其如此，非谓画得轩然。第三句“侧脑看青霄”正与“轩然恐其出”对照。盖满枝乌鹊，轩然恐出，即知众鸟眼目全注于鹘。而鹘方侧看青霄，全不以众鸟介于怀抱，一任群小环聚属目，我意思则岂与卿等作周旋耶？便写出名士在众人中，矫矫不没如画。

长翮如刀剑，人寰可超越。
乾坤空峥嵘，粉墨且萧瑟。

四解。不知是说画鹘，不知是说生鹘，不知是说名士。总是不肯一世，举头天外意思。○戏侮乾坤妙！汝即自以为峥嵘有气势，今被粉白能事直欺压下来也。看他作诗直作到此田地。

缅思云沙际，自有烟雾质。
吾今意何伤，顾步独纡郁。

五解。通篇画鹘，此又忽是生鹘直掠出来，岂不大奇！○为是生鹘从云沙忽飞来，为是先生忽飞向云沙去？笔势撇捩，总非常有。

奉和贾至舍人早朝大明宫

解者曰：一例和早朝诗，不必定解作天宝君臣。是也。然先生虽故作此壮丽语，读去解去，天宝君臣，历历如见，可兴可观，又何足为先生讳？

五夜漏声催晓箭，九重春色醉仙桃。
旌旗日暖龙蛇动，宫殿风微燕雀高。

首句言当未明求衣，次句写其晏安不顾。“龙蛇”喻跋扈之性，画在旌旗，本飞扬不定，又加之以暖日。此则主恩太过，欲求无动，不可得也。“燕雀”喻处堂之辈，势本不高，乃微风送之，出于宫殿之上。此则宵小得志，欲保无危，不可得也。噫！燕雀已高，龙蛇已动矣，彼醉卧九重者知之乎？前一解，“早朝大明宫”。

朝罢香烟携满袖，诗成珠玉在挥毫。
欲知世掌丝纶美，池上于今有凤毛。

转二句妙。“朝罢”者，是舍人朝罢，当日不知何以遽罢也。“诗成”者，是舍人诗成，余人亦且相继而成也。从来朝廷之上，左史纪言，右史纪动。今则自早朝至于朝罢，绝无足纪。君既无所咨访，臣亦无可建明，仅仅满袖香烟，挥毫唱和，则何补哉？只益之戚耳！贾至为贾曾之子，故云“世掌丝纶”，“凤毛”字，用来却切。后一解，“和贾至舍人”。

曲江二首

前一首，着意在花，带出“酒”字。后一首，着意在酒，带出“花”字。

一片花飞减却春，风飘万点正愁人。
且看欲尽花经眼，莫厌伤多酒入唇。

本为万点齐飘，故作此诗，却以曲笔倒追至一片初飞时说起。细思老人眼中，物候惊心，节节寸寸，全与少年相异，真为可悲可痛。○看他接连三句飞花，第一句是初飞，第二句是乱飞，第三句是飞将尽。裁诗从未有如此奇事。○“欲尽花”“伤多酒”，以三字插放句腰，其法亦异。酒是“伤多酒”，入唇最难，本最可厌，而先生叮嘱“莫厌”者，只为花是“欲尽花”。看他下“经眼”二字，便将眼前一片一片不算是花，直是老人千金一刻中之一点一点血泪也。

江上小堂巢翡翠，苑边高冢卧麒麟。
细推物理须行乐，何用浮名绊此身。

小堂翡翠，不过小鸟，而今日现存，即金碧可喜；高冢麒麟，虽是大官，而今日不在，即黄土沉冥。“巢”字妙，写出加一倍生意。“卧”字妙，写出透一步荒凉。“江上”者，又于生趣边写得逝波不停，便宜及时寻乐。“苑边”者，又于死人傍写出后人行乐，便悟更不能强起追陪也。如此二句十四字中间，凡寓无数悲痛感悟。因结之云：物理既一定如此，细推又深悟其然，然则浮名之与行乐，我将何去何从，孰得孰失也哉？

其二

朝回日日典春衣，每日江头尽醉归。
酒债寻常行处有，人生七十古来稀。

承前一首，遂力疾行乐也。八句，通首是痛饮，诗却劈头强安“朝回”二字，妙！便是浮名绊身四字一气说下语。而后首“懒朝”二字，亦全伏于此矣。“酒债”说是“寻常”，妙甚！须知穷人酒债，最不寻常：一日醉，一日债；一日无债，一日不醉。然则“日日典春衣”，一年那有三百六十春衣？“每日尽醉归”，三百六十日，又那可一日不醉而归？如是而又毕竟以酒债为寻常者，细思人望七十，大不寻常，然则酒债乃真是“寻常”。真惊心骇魄之论也！“日日”“每日”，接口成文。

穿花蛱蝶深深见，点水蜻蜓款款飞。
传语风光共流转，暂时相赏莫相违。

“蛱蝶”句，写出残春。“蜻蜓”句，写出初夏。言蛱蝶穿花，深深尚见，可见余春未尽。蜻蜓点水，略求款款，莫令初夏便来。老人岂有多时，不过暂尔相赏，何苦流转太速，风光如此毒害耶！无聊无赖，望空传语，不知传语与谁？惟有思之欲涕！“共”字妙，犹言我尽尔亦尽。

曲江对酒

此一首，言我惜花饮酒，毕竟于吏情未便也。三首只如一首。

花外江头坐不归，水精宫殿转霏微。
桃花细逐杨花落，黄鸟时兼白鸟飞。

前诗云“尽醉归”，是虽醉还归。此诗乃云“坐不归”，竟醉亦不归，不醉亦不归矣。“江头”上又添“花外”，妙。自明非为赏玩物华，所以

"坐不归"者，只为下三语耳。"霏微"，是描写春阴好字，只加"转"字，便是借好字作刺语，言迩来渐复阴蔽也。看他于"宫殿"上，故着"水精"字可见。桃花贪结子，而与杨花细落，即知渐渐百无一成。所以然者，"黄鸟"喻友声，而与白鸟闲飞，便悟是同学少年不相顾盼也。人生至此，生理尽矣。江头不归，不亦宜乎！

纵饮久拚人共弃，懒朝直与世相违。
吏情更觉沧洲远，老大悲伤未拂衣。

"纵饮"犹可言，"懒朝"不可言。前云日日江头去醉，还是"纵饮"，今云花外江头去坐，真是"懒朝"矣。"纵饮"还是人共弃我，"懒朝"直是我自违世。如此，便应拂衣竟去，而犹徒悲老大，全未拂衣者，先生眷眷不忘朝廷，故作此缠绵凄恻之词，尚希有所感悟也。此解不因"懒朝"二字，几不知前解一二句之妙。试思诸公衮衮入朝，先生却江头去坐，"坐"字奇杀人！骤然读之，使人笑泪一时俱有。坐江头却回身看宫殿，此水精霏微之所以了然于目中。坐江头又回身看宫殿，此水精霏微之所以决不能已于胸中也。后解因云：吏情到此田地，真觉沧洲非远。然老大终未拂衣者，试思懒朝去坐江头，犹看水精宫殿，如此人，则虽复老大，岂忍拂衣也？

◇ 望岳 ◇

（西岳崚嶒竦处尊）

同一《望岳》也，而此不独写岳势之高，与夫望而欲登之切，结语特结出“问真源”三字者，盖万物莫不发生于东，而成熟于西。西之为方，大休大歇之方也。先生于乾元戊戌为房琯事，出为华州司功，作是诗。盖言所遭如此，巴不得于热闹中觅凉冷，古所谓“问道崆峒”，其在是乎？明年弃官入蜀，固知意盖有所托云。

西岳崚嶒竦处尊，诸峰罗列似儿孙。
安得仙人九节杖，拄到玉女洗头盆。

世传华山四面皆远峰环抱，每一峰若一莲花瓣捧其心者，故名华山。殊不知“花”乃千红万紫字，“西”乃寂绝忘离方；犹之“东”为千红万紫方，而“泰”为寂绝忘离字。“泰”“华”相望立名，其义甚奇，不可不知。前解说华岳之高如此，从眼中看见起，即以意中欲登承。然而仙人之杖既不可得，则玉女之盆亦安得洗？亦徒有望而已矣。

车箱入谷无归路，箭括通天有一门。
稍待秋风凉冷后，高寻白帝问真源。

即就望中作一转语曰：假使仙人杖可得，玉女盆可到，则当从山前何路去？从山后何路归？车箱谷，深不可测，是华山背后路也。算到已到后无有归路，见华山亦不可轻易便登。然而箭括峰有门可通，攀援而上，可至绝顶，见又不可等闲错过也。于是预计去之之时日，稍待凉冷，便决计去矣。但不问真源则已，若果问真源，则或望而不去，亦未可知；其必去，亦未可知。

九日蓝田崔氏庄

语语是不服老。前解要看“今日”字，后解要看“明年”字。在今日必尽君欢，不敢以一人之不欢，败诸少年之欢。在明年未知谁健，不得以诸少年之健，笑此老之必不健。语意崛强，自是先生本色。

老去悲秋强自宽，兴来今日尽君欢。
羞将短发还吹帽，笑倩旁人为整冠。

“老去悲秋”，是大概说；“强自宽”，则说自己。今日君等邀我登高，我便兴来，为君尽欢，即是自宽处也。“尽君欢”者，大抵老人与后生最不相入，我若露一些老态，便为不尽君之欢。此正照“强自宽”“强”字，起真起得好。“今日”，九日也。即以落帽事承。人老则发短，后生偏要以此笑老人。万一醉后登高，风吹帽落，在诸少年面前露此短发，索然无趣，故“羞”，势必须整自己底帽。于是反倩诸君各自整其冠，彼诸少年那个要整冠？只为各去整冠，我之整帽，便不为少年所觉耳！在已云

“帽”，在人曰“冠”。“老去”暨“尽君欢”等字，一一承足，承又承得好。

蓝水远从千涧落，玉山高并两峰寒。
明年此会知谁健？醉把茱萸仔细看。

上一解都是写性情，转不用景，则语便不气色，故将蓝水、玉山作转。按《三秦记》蓝田有川，方三十里，其水北流。《唐书·地理志》：蓝水县有覆车山，一名玉山。“两峰”，指秦山、华山。自有天地，便有此蓝水、玉山。水落下来，不见其盈，不见其缩。三峰并峙，不见其加，不见其减。千万年后，只是如此。“水”喻人之文章材气，“山”喻人之德行节概。盖诸少年所恃者，不过年岁尚多，未免欺老。然年少何足恃？所重者在文章德行等常垂后世，可称不死。若专恃此年少，则百年亦旦暮，与朝菌、蟪蛄何异哉！转真转得好。因起有“今日”二字，结便以“明年”来合。今年今日，与诸君会蓝田庄；明年今日，诸君登高，当复在此。“知谁健”三字，有阳秋在内，诸君若把年纪老幼论身之健与不健，则不健者定是我一人。然而事不可知，或我老人尚健，而诸少年中反有不健者，不可谓事所必无。谁能保此身常健哉？说得少年悚然！九日佩茱萸，饮菊花酒，先生既欲尽君欢，老人量减，必致先醉。一听少年欢呼豪饮，却泠泠然细看茱萸，觉今日一场好笑。此老意中，真不可测也。合又合得好。何其律之细也！○批亦细极！此首及《戏呈路十九》《黑鹰》《见萤火》凡四首，唱经有批，未见全篇，从《说唐诗》补入。

春陪郑驸马韦曲二首

此诗定须二首，一首必说不尽。凡一题有几首，正是起承转结，恰完一篇文字耳，我既屡言之矣。

韦曲花无赖，家家恼杀人。狂语。
绿尊须尽日，白发好禁春。狂语。

平日本是一肚不合时意思，是日陪郑至韦曲，却是更忍不得。不觉颓然放口，借花痛骂。试思花有何无赖？且何至家家无赖？先生自年老官卑，不蒙诸公之所齿录，因此恃老放颠，全不顾人耳目，纵笔遂作此二句十字。先生可谓无赖之至也！绿尊必须尽日，不尔者，白发那好禁春耶？悉是无赖语，笔态狂甚也。

石角钩衣破，藤枝刺眼新。
何时占丛竹，头戴小乌巾。傲然狂语。

钩衣刺眼，不是好语，殆极刺之也。既尔我却奈何与之争哉？丛竹乌巾，先生将去矣。〇石，比磐固久据；藤，比攀缘新进。先生好诗，不应入尔许恶解。然终不知是何语，即心头不肯置。相其“钩破”“刺新”等，悉非好事，且下紧承“何时”二句作结，正见老大不耐耳。

其二

野寺垂杨里，大是好处。春畦乱水间。大是好处。
美花多映竹，好鸟不归山。句法摇动。

承前首。我既不耐欲去，则或于野寺垂杨之内，或于春畦乱水之间，随分空闲，皆堪投老也。试看美花无不映竹，岂有好鸟而不归山？若必待有丛竹可占，方始乞休，则愧美花好鸟久矣！盖计决即去，更无留恋之辞。从来只作韦曲景物看，遂不解先生妙笔。

城郭终何事，风尘岂驻颜。
谁能共公子，薄暮欲俱还？十字句。

非恋韦曲，不欲入都城耳。“终”字、“岂”字、“谁能”字，妙！低徊心口，千思百算，偶然发恼，遂成熟商。哀怨而不愤激，尽风人之能事矣。

铜　瓶

铜瓶，是宫中汲水器，久沉废井，新出世间者。岂先生于秦州见有此物耶？

乱后碧井废，独作一句，不与下连，笔态奇绝。时清瑶殿深。

铜瓶未失水，百丈有哀音。

此诗真乃有鬼在腕，使人不能知其如何下笔！夫为出水铜瓶，写至其初失水时，已尽文人能事；今乃又必写至其未失水时，岂非搜奇抉怪，全不顾自己心血者耶！不宁惟是而已，且又于铜瓶文中，并写井之废兴，乃至如“美人”，如“百丈”，一切等事，细细毕具。只是八句四十字，为幅最为逼仄，而欲如是等七曲八折，莫不安置停妥，且使读者转见清空轻脱之至。先生笔补造化，真非世间之恒见也！○“乱后碧井废”，独作一句，此铜瓶之所以出世也。只五字便截住，却追想碧井之未废时，井上则有深殿，殿中则有美人，美人则转百丈，百丈则出哀音。铜瓶此时为清时致用，人受其福，知有何限？却又不写铜瓶如何汲水，只轻轻用“百丈有哀音”五字，想到铜瓶用时，分明镜花水月相似。从来实写不如虚写，有若是也。

侧想美人意，应悲寒甃沉。
蛟龙半缺落，犹得折黄金。

上解用镜花水月之笔，写铜瓶用时。此解又用镜花水月之笔，写铜瓶失时。亦只轻轻将美人点染，而铜瓶入水，已不言自尽。“蛟龙半缺落，犹得折黄金”者，久沉井底，剥蚀不无，然旷世遗宝，不可恒有，其价犹得以黄金相准折也。

空　囊

君子亦有囊。君子囊，亦欲其不空。君子囊空，亦且感愤成诗乎？须知《空囊》一篇，是先生自写不改之乐，非写不堪之忧也。吾党守志之士共辨之。

翠柏苦犹食，明霞高可餐。
世人共卤莽，吾道属艰难。

衣食二者，无一日可以暂废，乃小人偏于此卤莽，君子偏于此艰难。“卤莽”“艰难”，字法妙绝！乱就下曰“卤”，乱就上曰“莽”；不能前进曰“艰”，不能后却曰“难”。四个字便活画出两样人、两样身分来。上“翠柏”二句，便是正写艰难，影写卤莽也。必是翠柏，则虽苦犹食；必是明霞，则虽高犹餐。然则所食所餐，盖已甚寡。此非君子不畏饥寒以杀身，而无奈以礼处身，以义处心，吾守吾道，之死无二，不能学当时小儿，甘者即食，卑者亦餐，卤莽觅活，腼颜人世也。一解。

不爨井晨冻，无衣床夜寒。
囊空恐羞涩，留得一钱看。

前一解，是先生自写骨力。后一解，是先生自写襟怀。看他“不爨”下又加“井冻”，则不惟无食，兼无汤饮。“无衣”下又加“床寒”，则不惟无衣，兼无襆被。夫人至于通晨彻夜，饥寒备极如此，他人已不知有几许悒郁侘傺，先生却有闲胸襟，自戏自谑。题是《空囊》，诗偏以不空作结，便似一文钱能使壮士颜色真遂不至于大坏也者。昔有渔人夫妇，大雪夜并卧船尾，不胜寒苦，因以网自覆。既而寒且逾甚，其夫试以指从网中外探，雪已深三四寸。便叹谓其妇："今夜极寒，不知无被人又如何过得也！"先生囊中一钱，正与此语同，的的妙撰！○翠柏明霞，空中妙文；冻井寒床，实地苦事。卤莽艰难，实地苦事；囊留一钱，空中妙文矣！

送人从军

王摩诘《从军行》云："吹角动行人，喧喧行人起。笳悲马嘶乱，争渡金河水。"四句实写从军行径，下四句遂虚写行军想头，往往叹其奇绝。惟先生此诗，与之伯仲。

弱水应无地，阳关已近天。
今君度砂碛，累月断人烟。

虽复二解，然前解实生起后解之势。○前解极言从军之险，为下解"失道"二字伏线。

好武宁论命，封侯不计年。
马寒防失道，雪没锦鞍鞯。

人生饥寒，多至失守，亦为论命计年之难也。嗟乎！岂独从军耶？“锦鞍鞯”，何等身价？至没于雪，谁复见之、惜之？看他“失道”上只轻轻加“马寒”二字，言马乃有失道之事，人则能防，决不至尔。说到“防失道”句，送人之情极其周至。○弱水、阳关，叙其地；曰“寒”曰“雪”，补其时。

酬高使君

近人酬答，并为次韵，跼蹐不舒，适增丑笑。先生此诗，与高公只如对语，深足法也。

古寺僧牢落，空房客寓居。
故人供禄米，邻舍与园蔬。

一二酬一二。高诗云：“传道招提客，诗书自讨论。”杜则酬云：寺僧牢落不亲，无人可语，则“自讨论”有之也。三四酬三四。高云：“佛香时入院，僧饭屡过门。”僧饭过门，尔何所食？杜则酬云：幸有故人、邻舍也。

双树容听法，三车许载书。
草《玄》吾岂敢，赋或似相如。

五六酬五六。高云："听法还应难，寻经剩欲翻。"读书之暇，颇复听法否？杜则酬云：听法、读书，各随所便也。七八酬七八。高云："草《玄》今已毕，此后更何言？"杜则酬云：草《玄》不敢，聊复赋诗而已。

奉酬李都督表丈早春作

全首只一"悲"字。连"红入桃花""青归柳叶"俱作悲字用，不作早春佳字用。

力疾坐清晓，来诗悲早春。
转添愁伴客，更觉老随人。

"转添""更觉"，切上"早春"，透下"红入""青归"字。

红入桃花嫩，青归柳叶新。
望乡犹未已，四海尚风尘。

当此桃花、柳叶之时，而四海风尘，望乡徒切。则客之愁而人之老可知，所以见起处"悲早春""悲"字之妙也。曰"犹未已""尚风尘"，说明"转添""更觉"之故。〇此诗莫妙于起二句。

卜居

才尔卜居，而遽云“东行乘兴”者，须知裴冕之为主人，必不如严大夫，而先生亦暂为即次，不愿长居于此也。玩篇中“少尘事”，则更无乐事；“销客愁”，则未便无愁。且着“上下”“沉浮”字，语意可见。

浣花溪水水西头，主人为卜林塘幽。
已知出郭少尘事，更有澄江销客愁。

一句赋其地，二句赋其人。“已知”“更有”，写出主人选地，先生即次一段情事，所谓暂脱樊笼，其一时饮啄之乐如此。

无数蜻蜓齐上下，一双鸂鶒对沉浮。
东行万里堪乘兴，须向山阴上小舟。

“无数”“上下”，笑杀朝局。“一双”“沉浮”，惟我与尔。“沉”即先生自谓，“浮”谓主人裴冕也。要此不过宾主一时之合耳。先生岂终老于此者？因承结云：借使东行万里，正复何妨？然兴尽即返，亦何必久恋帝乡也？两句一行一止，义从《论语》“用行舍藏”脱出，勿误读结语是要人相访。

◇ 王十五司马弟出郭相访兼遗营草堂资 ◇

先生诗有二句作一句读者，如《课伐木》诗“报之以微寒，共给酒一斛”是也。有一句作三句读者，如《雨过苏端》诗“浊醪必在眼，尽醉抒怀抱”是也。“浊醪”二字读断，“必在眼尽醉”五字读断，“抒怀抱”三字读断。不然，“浊醪必在眼”，竟成何语？世间读杜诗者，不知如何读去。如此诗“他乡”二字读断，“惟表弟还往”五字连读，“莫辞遥”三字另读。细玩自见其句法变换之妙。

客里何迁次？江边正寂寥。
肯来寻一老，愁破是今朝。

一二三，一气读。第四句，看他对极松变。

忧我营茅屋，携钱过野桥。
他乡惟表弟，还往莫辞遥。

五六叙事。他乡、表弟，相为对映，言还往不绝，以破此寂寥，便是客边乐事，不必更有所遗。犹今人嘱亲友云“不消你费心，常来看看我”罢了，正所以深谢之也。

蜀相

前解咏祠堂，后解咏丞相。

丞相祠堂何处寻？锦官城外柏森森。
映阶碧草自春色，隔叶黄鹂空好音。

城外有丞相祠堂，然至城外而寻祠堂，是无心于丞相者也。先寻祠堂，后至城外，妙，是有一丞相于胸中。而至其地，寻其庙，则在锦官城外森森柏树之中也。三四，碧草春色，黄鹂好音，入一“自”字、“空”字，便凄清之极。二语，是但见祠堂而无丞相也。黄鸟所以求友，君子旷百世相感，有尚友古人之情，而无如古人终不可见，如隔叶也。

三顾频烦天下计，两朝开济老臣心。
出师未捷身先死，长使英雄泪满襟。

后解，承三四来。丞相不可见于今日矣，然当时若非三顾草庐，丞相并不可得见于昔日也。天下妙计，在混一不在偏安。丞相受眷于先，并效忠于后，虽不能混一天下，成开济之功，然老臣之计、老臣之心，则如是也。“死而后已”者，老臣所自矢于我。捷而后死者，老臣必仰望于天。天不可必，老臣之志则可必。第七句“未”字、“先”字妙，竟似后曾恢复而老臣未及身见之者，体其心而为言也。当日有未了之事在，今日长留一未了之计、未了之心。嗟乎！后世英雄，有其计与心而不获见诸事者，可胜道哉！在昔日为英雄之计、英雄之心，在今日皆成英雄之泪矣。

漫兴九首

九首自初春、仲春、残春、又初夏，一路写流光迅速，人命不停，正在愁恼。第九首忽然横插一论，假使或初春，或仲春，不待春残入夏，中道忽然断绝，又当如之何？真乃愁又愁不及，恼又恼不及，惟有瞪目噤口，更自动转不得，而漫兴遂以九首终也。不然，便如世间俗笔，自夏而秋而冬，十二月月月吟遍，岂不口臭！

眼见客愁愁不醒，无赖春色到江亭。
即遣花开深造次，便教莺语太丁宁。

“眼”，春之眼也。眼见客愁，可应暂避。今全然不顾，客自愁，春自到，毫无半分相为之意，则无赖之至也。且一“到”，无事不到，花即遣之开，莺便教之语，炫目聒耳，纷纷恼人，诚为造次之极，丁宁之甚，可厌也，可恨也。看他将春便当作一人相似，滑稽极矣。

其二

手种桃李非无主，野老墙低还是家。
恰似春风相欺得，夜来吹折数枝花。

前首才云“即遣花开”，此首早已风吹花折矣，流光之疾如此。○若云无主，则实手种；若云墙低，则亦人家。“得”字妙，便令“恰似”字，如闻脱于口。夫势豪侵夺，世所常见，春风作横，古所未闻，滑稽极也。

其三

熟知茅斋绝低小，江上燕子故来频。
衔泥点污琴书内，更接飞虫打着人。

此又燕子来矣，流光之疾如此。○“眼见”则春色眼见，“熟知”则燕子熟知，皆最滑稽语。夫同是燕子也，有时郁金堂上，玳瑁梁间，呢喃得爱；有时衔泥污物，接虫打人，频来得骂。夫燕子何异之有？此皆人异其心，因而物异其致。先生满肚恼春，遂并恼燕子。看其“熟知”字、“故”字、“频”字，皆恼极，几于欲杀欲割，语可笑也。

其四

二月已破三月来，渐老逢春能几回？
莫思身外无穷事，且尽生前有限杯。

此言春将尽矣，诚乃流光疾甚也。“逢春能几回”语，在白乐天只解用入春来时，先生偏用入春去后，便令“能几回”三字，竟有一回亦未必之事，可骇也。先生与白用笔迥绝如此，刘会孟小儿乃谓此诗近白，尔乌知？

其五

肠断春江欲尽头，杖藜徐步立芳洲。
颠狂柳絮随风舞，轻薄桃花逐水流。

此言春竟去矣，诚乃流光疾甚也。妙于不说春欲尽，却说“江欲尽”，实字只作虚用，从来少此妙笔。“徐步立芳洲”，意欲留春，少作盘桓。乃前日不欲其来，则偏要来，且偏莺花纷纷齐来；今日不欲其去，则偏要去，且偏桃柳纷纷尽去。可厌也，可恨也！看此一首便是第一首之后半。《庄子·达生篇》云：“生之来不能却，其去不能止，悲夫！”正暗用此意，作此二诗耳。

其六

懒慢无堪不出村，呼儿自在掩柴门。
苍苔浊酒林中静，碧水春风野外昏。

此首以前是春，此首以后是夏，恰置此首于春夏之交，明四序有推迁，一心无动静。此谓君子居易俟命，无入不得，素春行春，素夏行夏，更无他求也。九首中，赖是此诗，知先生胸中有本，不然，其将逐日愁苦者耶？

其七

糁径杨花铺白毡，点溪荷叶叠青钱。
笋根稚子无人见，沙上凫雏傍母眠。

此言春去夏来。“糁径”句，写春去之尽情。“点溪”句，写夏来之明验。乃或有人疑春即已去，夏尚未来者，因更用“笋根”二句反覆证之。笋根、稚子，人自不见耳。沙上新凫，孚乳已久矣，甚言流光之疾也。世间别有恶解，可为呕哕！

其八

舍西柔桑叶可拈，江上细麦复纤纤。
人生几何春已夏，不放香醪如蜜甜。

此明言春已夏，桑肥麦熟，皆新夏夏景物也。夫自初春、仲春、深春，而今倏然已夏，百年人生，如此能几？况有桑足衣，有麦足食，生在世间，饱暖即快，不饮酒复奚求耶？前诗杂用无数莺儿、燕子、桃花、柳絮、杨花、荷叶、笋子、凫雏，独此诗恰用桑麦字，先生固有意。

其九

隔户杨柳弱袅袅，恰似十五女儿腰。
谁谓朝来不作意，狂风挽断最长条。

前八首，次第写流光之疾。至第九此首，忽然说一意外变事。言我今为有力所负而趋，日老一日，曾无暂缓，以为愁叹，更难慰遣。岂知天地间事，尚有不可说者。邻家少年，年始二十，白皙长大，兼兼（鬑鬑）初髭，朝骑白马，暮饮黄垆，钟动归家，半夜竟殁。“谁谓”字妙，真乃理之所必无，却是事之所时有。“不作意”，犹言不在意也，言忽然出于不料也。然则我今老去，虽是万无奈何，然而以此方彼，所谓差胜乎尔！九首诗以此首作结，先生于《南华》《达生》之义，盖甚深矣！于是九首遂毕。

◈江村◈

只用《论语》“贤者避世”句反覆成篇。二解八句，清空一气，有如说话耳。

清江一曲抱村流， 故曰“江村”也。用训诂体为诗，非写景也。看他下句，承出“江村”可知。

长夏江村事事幽。 “事事”，言长夏服食起居等事，非指三四五六句。从来人不解诗耳。

自去自来梁上燕，相亲相近水中鸥。

题曰“江村”，诗曰“江村”者，非江边一村也。乃清江一曲，四围转抱，既不设桥，又不置艇，长夏于中，事事幽绝，所谓避世之乐，乐真不啻者也。问江村如是，即令人如何去来？答：我有何人去来？自去自来，只有梁上之燕耳！问：若无去来，然则与何人亲近？答：我与何人亲近？相亲相近，独此水中之鸥耳！二句乃以梁燕、水鸥写江村更无去来、亲近，非以自来自去、相亲相近，写梁燕、水鸥也。从来人不解诗，因误读耳。

老妻画纸为棋局，稚子敲针作钓钩。

多病所需惟药物，微躯此外更何求？

今人所以不能与世长辞者，只为检校一身，有求实多，于是濡足没首，长此苦海耳！我则自计微躯，仰资于世盖已少矣。胡为皇皇，尚不痛割？“老妻”二句，正极写世法崄巇，不可一朝居也。言莫亲于老妻，而此疆彼界，抗不相下；莫幼于稚子，而拗直作曲，诡诈万端。然则江流抱村，长夏不出，胥疏畏涂，便如天上，安得复与少作去来亲近，受其无央毒害也？○中四句，从来便作长夏幽事，言老妻弈棋，稚子钓鱼，丈人无事，徜徉其间，真大快活。殊不知可以日日弈棋、钓鱼，不可日日画纸、敲针。试取通篇一气吟之便见。两解八句，只是前解之第一句尽之耳。然则纸本白净无彼我，针本径直无回曲，而必画之、敲之，作为棋局、钓钩，乃恨事，非幽事。而从来人闷闷，全不通篇一气吟，遂误读之也。○矍斋云："先生以夔、龙、伊、吕自待者，起手便着'事事幽'三字，真乃声声泪、点点血矣！何必读终篇而见其不堪耶？"

戏题王宰画山水图歌

不惟写妙画，兼写出王宰妙士来。○天下妙士，必有妙眼。渠见妙景，便会将妙手写出来。有时或立地便写出来，有时或迟五日、十日方写出来，有时或迟乃至于一年、三年、十年后方写出来，有时或终其身竟不曾写出来。无他，只因他妙手所写，纯是妙眼所见。若眼未有见，他决不肯放手便写，此良工之所以永异于俗工也！凡写山水，写花鸟，写真，写字，作文，作诗，无不皆然。惟与之一样能事者，方得知之。所以特特走十百千里，馈十百千金，踵门叩首，求其为我作一画、一字、一咏，而或至于累月经年，终不能得，于心恬然，不怨不怒。何则？诚深知其不可迫促，若迫促所得，即非我之所欲得也。乃有世间食肉肥白富贵大人，遣一价持半幅刺，要置室中，日三饮食之余，辄督取笔砚置其前，使速为我作。又时时敕一人敦趣之，成一节半节，皆立报。嗟乎！此时则与阑中豚何异？尚安能出其妙眼妙手，为君家效死命哉？

十日画一水，五日画一石。
能事不受相促迫，王宰始肯留真迹。
壮哉《昆仑方壶图》，挂君高堂之素壁。

六句。看他先向自己意中撰出突兀。四句说王宰画之难得，然后亟承二句，说此高堂素壁，乃得挂王宰画耶？可谓壮哉！“壮哉”二字，是赞高堂得挂王宰真迹，非赞所画《昆仑方壶图》体势也。盖守之以十日，仅得一水；又守之以五日，借得一石。然则毕此大幅，时日何限？不难在王宰经营心苦，正难在贤主人死心塌地，到底不敢促迫，终竟时到功成，妙画入手，高堂素壁，俨然独挂。向时旁观不耐，因而请去者，至此日瞪眼并睹，莫不叹息。以此思“壮哉”，壮哉可知也！须知十日一水，五日一石，王宰原无此事，却是求王宰作画者必须办此一副深心静气，方与妙画少分相应。此是先生于未出题前，凭空发此极奇极怪不顾人笑之四句，先为王宰占身分。然合下“壮哉”二句，通共六句一气读之，却悟此并不是赞王宰，全是赞主人。寄语天下万世贤主人，宜日日吟此六句，莫促迫人妙画也！“真迹”“真”字妙！何处不挂王宰画？然我只问破几日工夫得来，即真与不真，不辨可知。

巴陵洞庭日本东，赤岸水与银河通，中有云气随飞龙。

舟人渔子入浦溆，山木尽亚洪涛风。

此方看画。○上既明说此图之为昆仑方壶矣，此忽故作惊怪，恍恍忽忽，疑是洞庭，疑是日本，疑是赤岸。约此图，满幅是澒洞大水，天风翻卷，其势震荡。而于一角略作山坡、树木，更点缀数船，避风小港。画者既无笔墨相着，题者如何反着笔墨？于是万不得已，作此眼光历乱、猜测不得之语，以描写满幅大水。然后承势补完渔舟、山木，悉遭大风之所刮荡也。而又有"中有云气随飞龙"七字者，原来王宰此图，满幅纯画大水，却于中间连水亦不复画，只用烘染法，留取一片空白绢素。此是王宰异样心力画出来，是先生异样心力看出来，是圣叹异样心力解出来。王宰昔日滴泪谢先生，先生今日滴泪谢圣叹，后之锦心绣口君子，若读至此篇，拍案叫天，许圣叹为知言，即圣叹后日九泉之下，亦滴泪谢诸君子也！所以然者，此图本题，须知明明标出在前是昆仑方壶，若入俗手，岂不于大海中央，画作无数丹崖碧嶂，瑶草琪花，白鹤青鸾，吹笙行乐。今王宰偏不尔，偏只于大水当中留得一片云气，若谓方壶是有，则此一片云气中间，意者是耶？若曰方壶不经，儒者难言，则我此一片云气，乃是连水都不画处，无笔无墨，云何诬我曾画方壶哉？看他不着笔墨处，便将太史公一篇《封禅书》无数妙句妙字，一一渲染尽情，更无毫发遗憾。"随飞龙"三字妙，写此一片空白云气，是活云，不是死云。便是秦汉方士无数奇谈，一齐隐括，成此三字。试思作画用意至于此极，此岂受人促迫之所得几者耶？乃先生初看此图，也只因中间不用实笔，但见满幅大水，因疑是洞庭，疑是日本，疑是赤岸。既而加倍用意细看，始看着中间一片云气，方悟王宰胸中一部《汉武本纪》读得烂熟。今日乃不用笔，不用墨，轻轻地通篇挥洒出来。夫看画至于此极，亦乃前无古人，后无作者，只与王宰相视失笑，群豪侍侧，悉如蠛蠓。彼亦不复料一千年后，又被圣叹觑见也！

尤工远势古莫比，咫尺应须论万里。
焉得并州快剪刀，剪取吴松半江水。

上五句题画已毕，此用余文洗剔。若渔舟山木，近在一角者，则此云气如龙，不应在中，应直置之极远尽头处。若谓方壶是此图本题，应正置中间者，则于近角不应又作渔舟山木，相望为嫌也。因言王宰最工远势，咫尺之内，万里为遥。渔舟山木，虽在此角，望至中间云气所在，诚乃不啻数千万里。然则只须并州快剪，剪取一丝半缕，便是吴松半江。甚言自此角到中间，其为道里无算，绝不以相望故遂成病笔。此皆他人决不经心处，先生则必定写到者也。不然，安有人家挂山水图，而一人剪其半幅？

一 室

前解，室中犹有先生；后解，直说至室中已无先生。夫先生得归而室中无先生，可也；先生不得归而室中无先生，是真大痛也！题之伤心如此，岂截篇初二字耶？○若据今日，应云有室。想到身后，故云一室。

一室他乡远，“远”字奇，直从故乡来。空林暮景悬。“悬”比“落”又苦，乍可落耳，悬竟几何时耶？
正愁闻塞笛，独立见江船。“正愁”“独立”，笔态参差，便令“见”“闻”二字不板。

一“远”字、一“悬”字，写得室非我室，乡非我乡，林非我林，景亦非我景，便有暗鬼寒风，尸尸闪闪，出于纸上。三四句，“塞笛”是同不得归之人，“江船”乃何独得归之船也。“闻塞笛”苦，“见江船”更苦。“闻塞笛”，尚在思归；“见江船”，竟知不归矣！

巴蜀来多病，荆蛮去几年。
应同王粲宅，留井岘山前。故云“一室”。

身若无病者，十年二十年，将终必归耳，谁定其几年！乃今病急如此，归定何日？故知“几年”非不知何年之辞，乃无此一年之辞。肠断泪枯，接此十字，于是遂定此诗题曰“一室”也。○他人览古，尚当出涕；先生自说，得不痛杀！

萧八明府实处觅桃栽○凭何十一少府邕觅桤木数百栽○凭韦少府班觅松树子栽○又于韦处乞大邑瓷碗○早起

此五首诗以四绝一律为一篇，读者往往忽略分看，遂茫然不知起落，故拈出之。○吾读杜诗至此五首，不觉哑然失笑也。无量劫来，生死相续，无贤无愚，俱为妄想骗过。如汉高纵观秦皇帝，喟然叹曰：“大丈夫当如此矣！”岂非一肚皮妄想？及后置酒未央，玉卮上寿，却道：“季与仲所就孰多？”此时心满意足，不过当日妄想圆成。陈涉辍耕之垄，曰：“富贵无相忘。”此时妄想，与汉高无别，到后为王沉沉，不过妄想略现。阮嗣宗登广武，观刘、项战处曰：“遂使孺子成名！”亦是此一副肚肠，一副眼泪。后来身不遇时，托于沉冥以至于死，不过妄想消灭。或为帝王，或为草窃，或为酒徒，事或殊途，想同一辙。因忆为儿嬉戏时，老人见之，漫无文理，不知其心中无量经营，无边筹画，并非卒然徒然之事也。羊车竹马，意中分明国王迎门拥彗，县令负弩前驱；尘饭涂羹，意中分明盛馔变色，菜羹必祭；桐飞剪笏，榆落收钱，意中分明恭己垂裳，绕床阿堵：其为妄想，与前三人，有何分别？曾记幼年有一诗：“营营共营营，情性易为工。留湿生萤火，张灯诱小虫。笑啼兼饮食，来往自西东。不觉闲风日，居然头白翁。”此时思之，真为可笑。既念生子孙，方思广园圃，如此妄想，便足一生。我既生子，子又生孙，后来不知何人，俱同此一副妄想。譬如此五首诗，亦是少陵无边妄想，于虚空世界，劈空捏一园林，东家讨树，西家讨碗，事成早起经营，皆一时一刻造就，真非东用寸楮，西驰尺幅，往来乞觅也。大抵先生异于人者，于妄想中成三禅乐，世人于妄想中成五浊恶也。

萧八明府实处觅桃栽

奉乞桃栽一百根，春前为送浣花村。
河阳县里虽无数，濯锦江边未满园。

欲于荒凉地上，劈空捏造园林，却百无一有，既少财物，更无工力，此念一动，昼夜不能自已。正无设法处，忽然一时想着萧八明府，得意之极，故开口便“奉乞桃栽一百根，春前为送浣花村”，既要讨得多，又要来得快，此刻便觉荒凉地上竟成锦绣园林。下二句，因思此桃亦无奇特，但此地绝少，独我得有百根，于此一方，无佛称尊，已似平泉、金谷，想出一时手舞足蹈光景。后来园亦未必成，连桃亦未必讨。我辈闲坐书斋，常有此事，莫认老杜持书乞索也。

凭何十一少府邕觅桤木数百栽

草堂堑西无树林，非子谁复见幽心？
饱闻桤木三年大，公自注：“蜀人以桤木为薪，三年可烧。”

与致溪边十亩阴。 第三句必欲自注一句者，非表桤木易，亦非表桤木不才，盖笑俗人举世无知，不知桤木可恁般受用，写出独得之秘，皆一时快活语。

前得桃树，主人无边快活。明年一春，受用已极。又思看朱成碧，倏忽长夏，不有清簟疏帘，何以解衣盘薄？堑西无树，将来散发披襟，木床投足，炎炎西日，岂不重难？故第一句，开口作失惊之辞。言如许大事，曾未算到，一时救急无策，何暇广求珍异？必贱而易致者，方可取快一时。左右思惟，浓阴易茂，除非桤木。第二句，妙绝！“非子”，“子”字指桤木。盖半日沉吟，胸结沉想，眼起空花，便如身坐其下，觉草堂堑西，拂云蔽日，一碧无际，与桤木亲切如良友然。子猷称竹为君，少陵又称桤为子，千古绝对，写尽当时神理。前一首，胸中本无桃树，因想着萧八，随其所有，就便栽桃，非爱桃树也。此却胸中先有桤木，方想着何十一。题用“凭”字，凭借也，犹言靠托也。言又有人替我用心，此园必成，从此安然受享，并不费心。故末句作志得意满之语。

凭韦少府班觅松树子栽

落落出群非榉柳，青青不朽岂杨梅。
欲存老盖千年意，为觅霜根数寸栽。

第一首，因题衍诗。第二首，因诗著题。此首却将诗笑题。盖春夏乐事，备足无余，其余事事皆在可缓。无端无事讨事，又想数松点缀。

静坐三思，不觉自笑，我欲成此园，原为逃名息机，聊以卒岁。今觅松树子栽，既不能取效目前，又不能馈实日后。老盖千年，霜根数寸，欲并三槐，作身后佳话。俟河之清，人寿几何？迂缓荒唐，莫此为甚。一生匏落，正受此病。乃尔习气未除，重复露出，因而自言自语，自嘲自笑，故诗中皆作推敲商榷之语。方寻快活，又起悲凉。若同前二首并看，不特文气板腐，有负良工苦心；亦且逢人硬索，见物便取，使少陵与当世贵人一例去也！嗟乎！吾辈刳心呕血，穷奇极奥，并为“千年”二字所误，皆觅数寸霜根者也。欲免斧斤比寿栎，杜计亦疏矣，即使有成，饥寒常在身前，功名常在身后，悲夫！

又于韦处乞大邑瓷碗

大邑烧瓷轻且坚，扣如哀玉锦城传。
君家白碗胜霜雪，急送茅斋也可怜。

已悟前事尚赊，今日作何消遣？惟有曲蘖，少延清欢数日，遂触动韦家瓷碗。手摩袖拂，心口相语，立刻送来，倾银注玉。从前经画，暂且阁起。〇一瓷碗至轻至微，却用三四层笔法，曲曲染就名士玩物性情来，与昌黎《竹簟》诗“有卖直欲倾家资”一样痴癖。第一句，先于未见瓷碗时生无限叹羡。第二句，想见入手后把玩时有如此可爱。先赞其质，后誉其声，方羡其色，觉在韦家案头，耀眼夺目，可望不可即一段光景，无限低徊，心头跃跃不能自持，方显第四句“急送茅斋”之乐也。“可怜”二字，如渴鹿望尘，忽得甘泉美草，一时身心泰然，皆文人常态，不失童心妙处。寄语世人勿见嗤也。

早 起

题最伤心。世间惟痴肥公子，夜饮朝眠，其他无一人不欲早起者。健儿提戈跨马，农夫负耒之田。抱布握粟，哓哓阛阓，侧肩叠踵，伺候朱门，庭燎盈廷，裳衣颠倒。上自天子、公卿、大夫及士庶人，无贤无愚，无不早起。即我当时，自谓挺拔，立登要路，一样闻鸡起舞。无奈许身太愚，为计太拙，直欲返俗唐、虞，次躬稷、契，老大无成。世既弃我，我亦弃世，颓然放废，形为槁木心成灰。纵横失计，妻子堪羞，衣里嫌身，人前短气。夜中千思万算，左计不成，右计不就，耿耿不寐。及到晓来，仰视屋梁，欲起无味，反复沉沉睡去，致令早起绝少。夫高眠者，小人之所甘，而君子之所悲也。张循王园中老卒，日中睡着，循王问之，对曰：“无事可做，只得睡眠耳！”悲哉，言也！循王立捐五百万金钱，令之回易外夷。乘巨舸，跨鲸波，飘然而去，突然而来。珍奇光乎内府，宝马盈于外厩。丧败之余，一时循王军容独振。彼老卒不过略集余技，昔年睡魔，顿然失去。自叹二十年来，昏昏醉梦，未知何时得早起也！

春来常早起，此句盖于未来发愿如此，若作过后叙述，便索然无味。则下句所云“幽事”，皆如富翁日记账簿，俗子强作小窗清记恶札，不可不细心体贴。读书尚论古人，须将自己眼光，直射千百年上，与当日古人捉笔一刹那顷精神融成水乳，方能有得。不然，真如嚼蜡矣。勿以吟咏小道忽之。幽事颇相关。

帖石防隤岸，开林出远山。

一丘藏曲折，缓步有跻攀。
僮仆来城市，瓶中得酒还。

此首与前四绝，皆一时意中写就，非春来即事也。一向无事可做，懒废成习，家人见我全不事事，便谓我决做不来。试看此园一成，从此振作精神，常常早起，件件关心。又恐众人不信，故三四句卖弄出许多勤谨本事来。“帖石”句，言看我先事绸缪。“开林”句，言看我业成整顿。一时尽情高兴之语。后解又算出约束自己方法来。平日闲荡久惯，全不着家，恐一时静极思动。此园平平无奇，一览可尽，未免厌倦出门。必思方法，六尺地上，往复无穷，高卑异致，栖迟笑傲，方能禁足。“僮仆”句，非写长须解人，言如城市我不去久。“一丘”二句，盖求日里安居。“僮仆”二句，又算到夜中稳睡也。此首二解八句，作三段：“春来”一句总提。“幽事”三句，盖发愿早起经营。“一丘”四句，乃发愿早起行乐也。〇四绝一律五首，凡作三段顿挫：前二首一时高兴勃勃，极其勇猛精进；第三随复了悟；第四故丁酒杯求大休歇；末首又想及时行乐。所谓住诸妄想，不加了知，不辨真实，于诸妄心亦不息灭也。〇不知何人，于题下硬派“上元二年成都作”七字，岂公自注耶？仰亲得追随少陵耶？反复不知其故。痴人说梦，真为可涕。但世之吞炭者固多，逐臭者更不少也。〇或曰：此是晋陵许庶庵笔，为唱经所鉴定者。果有之，亦足想见庶庵。

石犀行

《华阳国志》：秦孝文王以李冰为蜀守，冰作石犀五头以厌水怪。是年秋八月，霖雨不止，灌口水损户口，先生作此诗。○是年无霖雨，水不损户口，《石犀行》又得不作耶？今吴越淫祠，几与民居交半错处，我欲尽毁，而愚俗震骇。聊托于此，幸后之大力贤人，有以救之也。

君不见秦时蜀太守，刻石立作三犀牛。
自古虽有厌胜法，天生江水向东流。

一解。竟不知李冰刻犀牛是何意？亦竟不知此犀牛定是李冰刻否？若谓厌镇江水，则江水天然东流，殊非犀牛之能。“天生”二字妙。

蜀人矜夸一千载，泛溢不近张仪楼。
今年灌口损户口，此事或恐为神羞。

二解。蜀人矜夸圣迹，动云千年蒙福；今不先不后，恰是今年漂损户口，竟不知是千年之神灵忽不验于今，亦竟不知是蜀人妄夸神灵？实则千年中间漂损之事，时复有之。总之，只据现事，神已无辨！

终藉堤防出众力，高拥木石当清秋。
先王作法皆正道，鬼怪何得参人谋！

三解。毕竟呼号众力，刊木舁石，高筑堤防，以救其半。“当清秋”三字妙，言今日日照于上，人睹于旁，明明可见不关犀牛之事，何得相传尔许神怪，诬民视听？真可痛恨也！

嗟尔三犀不经济，缺讹只与长川逝。
但见元气常调和，自免波涛恣雕瘵。

四解。旧闻五犀，今年只有三犀。今虽三犀，后来焉知不剩二犀、一犀以至无犀？因戏语之：尔犀即不能经济人事，然却须自作经济。若不然者，后来转缺转讹，蜀人或又妄说奇怪。我则晓然，知是只被江水漂去耳！犀尚自愁为水漂去，然则乌能为人厌水怪哉？真乃滑稽之雄！

安得壮士提天纲，再平水土犀奔忙。

五解。只二句结。但见人平水土，安见石厌水怪？公每切有望于天下后世，如将不能旦暮待者，则必用“安得”字作结。如此诗，盖了知三犀，后来终成漂没，而毕竟十心不快。故高呼圣人出世，提大纲，平水土，连取三犀，投之巨浸，以一快耳目之前！称“圣人”为“壮士”，大奇，亦为其一洗愚俗，祸福不惑于中，故作是称也。

三绝句

（楸树馨香倚钓矶）

三绝句恰成一篇，不能少一首，亦更不可多一首也。

楸树馨香倚钓矶，斩新花蕊未应飞。
不如醉里风吹尽，可忍醒时雨打稀。

为儿子时，蚩蚩然只谓前亦不往，后亦不来，独有此身常在世间。予读《兰亭序》，亦了不知佳定在何处。殆于三十四五岁许，始乃无端感触，忽地惊心：前此犹是童稚蓬心，后此便已衰白相逼，中间壮岁一段，竟全然失去不见。夫而后咄嗟弥日，渐入忽忽不乐苦境。此“斩新花蕊未应飞”一句，正是初入苦境之第一日也。“风吹尽”“雨打稀”，总是一般零落，而又必宁“醉里”莫“醒时”者，老死一事，既是无法可施，则莫如付之度外，任其腾腾自去。何得如是苦事，又刻刻置诸怀，终日愁老以老，怕死而死也！读之使晚年人不敢不寻快活，妙绝。为此一绝，生出下二绝来。

其二

门外鸬鹚久不来，沙头忽见眼相猜。

自今以后知人意，一日须来一百回。

此一绝与后一绝，相对成章。于今不来者，便极望其来。若定要来者，不知何计便可断其更不来也。○上二句写出妙客。久不来矣，今日方来，又却在沙头忽见，殊似尚无意于来者。下二句写出妙主。不惟今日须来，且愿常常而来。不惟愿得常来，且愿一日来至一百回。"一百回"字，本是最无文理语，却写得将朋友为金宝性命一片意思出。

其三

无数春笋满林生，柴门密掩断人行。
会须上番看成竹，客至从嗔不出迎。

久思密掩柴门，却恨更无题目。今春满林生笋，不觉计上心来。下二句，不单云不出迎，而云"从嗔不出迎"，便写尽恶客叫噪之恶，主人双眼之白也。○前一绝，久不来，而沙头忽见，尚无意于来，是何等意思？后一绝，定要来，而偶不许其来，辄便公然嗔人，是何等意思？大主人本为娱老无计，故求妙友，纵谈胸臆，觅少快活耳。何苦如此紧追紧捉，不少放松，便如鬼伯催人，使我逃避无地也！此一绝，若无前绝"一日须来一百回"句，几谓此绝是绝人逃世。○不知诗者，谓是一咏楸树，一咏鸬鹚，一咏春笋，即胡不各为一绝句，而题之为《三绝句》哉？殊不知此诗，只是将魏文帝"请呼心所欢，可用解忧愁"十字化作三绝耳！盖前一绝即是忧愁，后二绝即是请呼心欢以解之也。既是呼欢解忧，岂可不欢人不呼自至哉！

魏十四侍御就敝庐相别

寻常乘车戴笠语，已成烂熟，此乃重新洗刮拆补，复成妙诗。

有客骑骢马，江边问草堂。
远寻留药价，别惜到文场。

彼骢马上人，是一样气色；草堂中人，是一样气色。据此两样气色，此两人可谓风马牛，终不得相及也。乃今日江边远寻不忍别去，殷勤眷恋加人一等者，无他，云泥一判，日月如驰，老病无常，旧游若梦。“留药价”“到文场”，妙。今日来寻，须留药价，甚矣吾衰，知扶几年？追念少时，共在文场，曾几何时，衰谢遂极。然则于今再别，岂复思意之所得料？盖车过腹痛之言，犹未痛于此诗矣。○“药价”字，下得极衰飒。“文场”字，下得极壮武。“药价”字，写后会苍茫。“文场”字，写旧游孟浪。百年眨眼，只此四字画绝。刘会孟云：“‘药价’甚雅，‘文场’过矣。”吾不欲问其“文场”何过，正欲问其“药价”何雅之有？可恨可笑！

入幕旌旗动，归轩锦绣香。

时应念衰疾，书迹及沧浪。公自云：“百花潭水即沧浪。”

“旌旗动”“锦绣香”，此成何语？须知特特盛写，以与下“衰疾”“沧浪”相望成妙事妙句也。看他于草堂别后，先写入幕；于入幕后，再写归轩。盖入幕，即建牙吹角，公事旁午，早与草堂冷热迥异者；更归轩，则珠围翠绕，柔情曼声，岂更得与草堂犹有少分牵挂哉？今魏十四，不只于草堂而远寻惜别，眷眷如此。乃至入幕，乃至归轩，而衰疾经心，沧浪在眼，到底如彼。真觉昔人乘车戴笠之不足复道也。

严中丞枉驾见过

按肃宗上元二年，严武镇蜀。宝应元年，召还。广德二年，严武再镇蜀。先生自阆复归成都。武表公为节度参谋检校工部员外郎，赐绯鱼袋。中丞之过，应在此时。盖欲先白其意云尔，故先生作诗志感。

元戎小队出郊坰，问柳寻花到野亭。
川合东西瞻使节，地分南北任浮萍。

“元戎”指严公。元戎必有大队，不言大队言小队者，拜客从简便也。邑外曰“郊”，郊外曰“坰”，“出郊坰”者，见来路之远也。“问柳寻花”，不但见是春日，谦言严公非特地过访也。玄宗还京后，于绵、益二州，各置一节度使。时武奉命镇蜀，使节是东西两川之使节，故云“瞻使节”

也。长安在北，蜀在南。武奉命镇蜀，自北而南；召还，自南而北；及再镇蜀，又自北而南。一任君命，如“浮萍”然，略不自主，故曰“任浮萍”也。前解直言过访之由，由于严公之再镇，于是换笔从自身上作转。

扁舟不独如张翰，皂帽应兼似管宁。
寂寞江天云雾里，何人道有少微星？

张翰遇贺循于吴阊门，同舟入洛。管宁着皂帽，依公孙度于辽。故先生以之自况。少微星，名处士星，言我今日扁舟来往，到处栖迟，非贺循莫与同载；皂帽浮沉，安于僻远，非公孙度也不往依。“不独”“应兼”，语气抑扬，见时无中丞，衮衮诸公，俱非知己。以此，江天云雾中，求无寂寞不可得也。然而处士有星，其光自见，独严公能见之。于是特特过访，岂非相知深而可终托者乎？后解寓言表为参谋之意，曰“何人道有”，言自严公而外，必无其人也，推重严公至矣。

野人送朱樱

唐人极有好起好结，此诗起句奇绝，出自意外，遂宕成一篇之势。

西蜀樱桃也自红，野人相赠满筠笼。
数回细写愁仍破，万颗匀圆讶许同。

妙在“也自红”三字，全篇用意不出三字，乃创见惊心之辞。言樱桃之色之红，我岂不知，然不过知之于宫中宣赐耳。摩诘所云“归鞍竞带”“中使频倾”是也。若西蜀樱桃之红，我乃今日始见，则岂非因野人之赠哉！“数回细写”，“万颗匀圆”，不但写“满筠笼”“满”字，亦见珍重所赠之物，不以其野人而忽之也。

忆昨赐沾门下省，退朝擎出大明宫。
金盘玉箸无消息，此日尝新任转蓬。

后解推开题面，自写悲愤。说出起句“也自红”一段惊创缘故来。看他五六对仗，非杜诗不有。

江上值水如海势聊短述

每叹先生作诗，妙于制题。此题有此诗，则奇而尤奇者也。诗八句中，从不欲一字顾题，乃一口读去，若非此题必不能弁此诗者。题是“江上值水如海势”七字而止，下又缀以“聊短述”三字。读诗者，不看他所缀之三字，而谓全篇八句，乃是述江水也，值江水之势如海也。则八句现在曾有一字及江海乎？先生才大如海，于值水时，纵有河沙口、河沙舌、河沙音声，决不能穷其势之所及，故聊为之短述，如先帅川上一叹是也。天下物莫巨于江海，江有往来之迹，海则无边无际，亘古如斯。

故以江之不可方物，究竟以海为壑，即天下事可知矣。之生之死，之死之生，头出头没，孰是安住海中，随流任运者乎？此先生《江上》诗之所由发也。读“江上值水如海势”七字，令人望洋而惊；读“聊短述”三字，不觉迎刃而解矣。○江海，即川流敦化义也。孟轲氏资深逢原，先生暗用其意，作题上半截。盖目中所值之水是江，意中所会之势如海，诗只是“聊短述”三字。言江言海，穷劫不尽，“聊短述”而江海之义已尽。

为人性癖耽佳句，语不惊人死不休！
老去诗篇浑漫兴，春来花鸟莫深愁。

此一节乃先生彻底销算之文，不必于江上有涉，而实从江上悟出也。观乎江之于海，则我一生为人如是，多生为人亦只如是。今日纵是春来，他年定当老去。今日既已老去，他年还许春来。去者听之去，何必刻意诗篇；来者任其来，但可陶情花鸟。兴言及此，觉得少年佳句之癖，不攻自破矣。第三句紧接上二句，第四句又开下五六句。

新添水槛供垂钓，故着浮槎替入舟。
焉得思如陶谢手，令渠述作与同游。

此一节乃先生现前结证之文，不必于江上无涉，而实非着意江上也。言我近日亦有事江上矣。水槛曰“新添”，浮槎曰“故着”，似乎有所经营。由今思之，“槛”不过供垂钓而已，不新添可，即新添亦可也。“槎”不过替入舟而已，不故着可，即故着亦可也。何则？世间一切有为，无细无巨，只是因缘生法，又况乎水槛、浮槎哉！今日使陶、谢二公而在，必将此一副胸襟，一副眼光，共相述作，以佳思出佳句，岂惟短述而已！我既不获与之同游，所以只寥寥短述，亦不能更为惊人之语也，应转首二句。细玩通篇，云“老去”，言到底无常；云“春来”，言终竟不灭。朝宗之时，江流入海，沃焦之后，海复成江。大德之敦化如是，所以常见、断见等，为如来所诃也。水槛、浮槎，乃是现前介尔一法，南泉大师所谓“随分纳些须”者，即曾点“暮春”遗意也。

越王楼歌

王子安《滕王阁》诗，从来是千载绝作。纵使后来子安再出，已是有景不道。何则？道不得，即不如不道。若使道得，已是前人先道了也。东山李白，负气使酒，犹于崔颢束手避路。岂以推诚服善如先生，反智不出此，而顾于《滕王阁》后，复作此《越王楼》哉？须知先生自具二十分眼，二十分胆，二十分笔，张目熟视子安此诗，还有开拓不尽，发挥不出之处，于是偶借“越王楼”，换题不换诗，随手隐括，别成妙句。却于篇初，弃割二句十四字，不便写楼，反写绵州州府。夫楼为宾朋宴游之地，府为代君牧民之所。若使诗人不说州府，便说有楼，即令后之读者，其谓越王何等人？此亦只是《论语》“禹，吾无间”烂熟语，写来便成高奇磊落之句，便是子安尽力开拓之所不到。篇后又弃割一句七字，不止写得今人不见前人，直写到后人又不见今人，便是子安尽力发挥之所未尽。小儒不知者，或谓先生此歌便与子安一副机杼，以为赞叹先生已极。殊不知子安诗在当时已是家弦户歌，岂有先生不知，却得机杼暗同？先生正是全取其诗，从头劈削，通身翻洗。试取对照读之，便见两诗脱胎换骨，转凡作圣，异样奇怪，不止是青蓝之事而已。

绵州州府何磊落！显庆年中越王作。孤城西北起高楼，碧瓦朱甍照城郭。

题是“楼”，诗是“府”，龙行天矫，全然不顾龟思鳖望者。

使无“州府磊落”四字，即“碧瓦朱甍”那可道？读之深见“栋飞朝云”“帘卷暮雨”之不善命辞。

楼下长江百尺清，山头落日半轮明。君王旧迹今人赏，转见千秋万古情。

较“物换星移”句，蕴藉多少！○“落日”句，字字鬼气侵人。

不惟于王诗外添出千秋万古语，且将王诗“不见帝子”翻作“转见”后人，相他下笔时一段倔强不让古人气色。○李偓《越王楼》诗：“越王曾牧剑南州，因向城隅建此楼。横玉远开千峤雪，暗雷下听一江流。”便与不曾作诗何异！

客夜

写客，却写夜。写客夜，却写下半夜。奇撰可思。

客睡何曾着？秋天不肯明。
入帘残月影，高枕远江声。

一解。句句是下半夜，然而已写通夜矣！○“客睡”句是一更、二更以至三更。“秋天”句自三更、四更以至五更。盖睡不着还望睡着，天不明直望天明矣。“何曾”，“曾”字妙，若有人冤其曾着者。“不肯”，“肯”字妙，便似天有心与客作冤然。“残月”句，妙于“入帘”字，着其渐渐移来。“远江”句，妙于“高枕”字，写出忽忽听去。“残月”句，明照此身在客。“远江”句，暗送此心到家也。四句中并无一“苦”字，而其苦无限。

计拙无衣食，途穷仗友生。
老妻书数纸，应悉未归情。

一解。言我为客在外，岂是“此间乐，不思蜀”，虽非吾土而洵美，故尔久恋梁园耶？人老计拙，资生大难，略仗朋友以自存活耳。因于千里外望空低呼老妻一声，而遥告之：我此苦趣，以前数书，曲折每尽，身虽未归，汝固应悉也。“老妻”二字须略住，不然不复成语。○久客不归，最无以自解于老妻，故此诗全为老妻而发。然亦只是意思中忽忽欲向老妻诉明，不必真寄与老妻读也。但得还家，此等语，要知全不向老妻提起。○诗是最苦诗，评亦是最苦评。

冬狩行

时梓州刺史章彝兼侍御史留后东川

是冬猎也，而曰“狩”者，意谓东川，天子之地；猛士，天子之兵，不过令章彝代将之耳，奈何肆意大阅，而全不以吐蕃之乱为心？称“狩”，以讥之也。

君不见东川节度兵马雄，校猎亦似观成功。
夜发猛士三千人，清晨合围步骤同。

一解。吐蕃作逆，天子蒙尘在陕，诏征天下援兵而无一人应者。正当此时，先生忽然奋笔书第一句云“君不见东川节度兵马雄”，只七个字，便足惊死人！下接云“校猎”耳，非“观成功”也，然夜发晨集，三千猛士，步骤悉同，精锐是精锐，号令是号令，纪律是纪律。只可惜是校猎耳，非观成功也。冷讥热刺，人何以堪！

禽兽已毙十七八，杀声落日回苍穹。
幕前生致七青兕，驼驼嵬危垂玄熊。
东西南北百里间，仿佛蹴踏寒山空。

二解。禽兽已毙十之七八，杀声尚欲日退于天。幕献青兕，驼载玄熊，语语赋猎雄文，声声勤王反刺。○“落日回天”，即用鲁阳戈指事，写杀声正盛。

有鸟名鹳鹆，力不能高飞逐走蓬，
肉味不足登鼎俎，胡为见羁虞罗中？

三解。上总算所获，此独指一物，讥其好杀无理。

春蒐冬狩侯得同，使君五马一马骢。
况今摄行大将权，号令颇有前贤风。

四解。春蒐、夏苗、秋狝、冬狩，天子之事也。章以诸侯而得同之耶？只此便是制题本意。下因以天子恩遇，节节提出云：使君本是刺史，则是五马；新兼侍御史，则一马骢矣。又留后东川，则又摄行大将之权。今观其号令，又有前贤之风，则岂前贤之贤，只贤于号令耶？

飘然时危一老翁，十年厌见旌旗红。
喜君士卒甚整肃，为我回辔擒西戎。

五解。劝其勤王。

归　来

此《归来》题最难解。是从客中又有所出，而是日仍归到客中，非竟从客中归家了也。又“归”下着“来”字者，昨在客中，必有甚不得已，如渊明饥驱之事。及至到彼，了无所济。“归”下又着“来”字，便见甚悔昨者之去。盖虚往实归谓之“归”，空往空来谓之“归来”，亦非截二句之二字也。

客里有所适，归来七字一串。知路难。
开门野鼠走，散帙壁鱼干。

客里难，故有所适。不料所适难上又难，于是归来而吟。而后客里之难，遂更无救路也。更开门别适乎？抑闭门散帙乎？开门别适，则见野鼠乱走，彼亦不审何往，我亦不审何往。若闭门散帙，则见壁鱼干朽，彼先枵腹以死，我将稿顶继之。于此于彼，何去何从，其难真不可再说也！

洗杓开新酝，低头拭小盘。无耻哉，刘会孟！何见而定“著小冠”胜乎？此句既定是冠，则上句既已开酝，何复有谁给之语哉？
凭谁给曲糵，细酌老江干。

后解苦杀人、羞杀人事，却写作一片幻景，反见好笑杀人。想此行原因乞酒，归来春梦未断，只谓新酝已在，于是洗杓开埕，便将浅斟低酌。一句五字，全写梦眼迷离，鬼物着人光景。乃陡然定睛注视，新酝何在？是谁所给？因而满肚苦不足道，反是满面羞不可当。于是低头文过。念盘与杓，是一例器皿，闲居无事，洗杓拭盘，便作清课。谁谓洗杓乃欲开酝耶？然则我拭盘是亦欲开酝耶？道树云：洗杓时，洗杓是开酝；拭盘时，洗杓是洗杓。是也。虽然，口腹之事，关于性情，终不可忍也。上二句，文过是文过，下二句，不觉已溜然脱之于口。呜呼，真绝世妙笔矣！

登　楼

先生多难之时，身适在蜀，徘徊吊古，欲图祸乱削平，无日不以诸葛忠武为念。其见之吟咏者，殆不一而足。盖先生之自待者，忠武也。“日暮聊为《梁父吟》”，言我今老矣，徒栖迟日暮，无所见长，虽负希世之材，而国无容贤之臣，追想隆中抱膝之吟，其寄托一何深远也，不觉于登楼发之。

花近高楼伤客心，万方多难此登临。
锦江春色来天地，玉垒浮云变古今。

伤心原不在花，在于“万方多难”，一到登临之际，忽已如箭攒心。锦江、玉垒，俱在成都。“锦江”句，承“花近高楼”，因见有花，便知春色也。“玉垒”句，承“万方多难”，因见云变，即知多难也。“春色”而曰“来天地”，“浮云”而曰“变古今”者，照上“万方”二字，言外便见浮云自变，春色依然，故下遂转到“北极”云云。

北极朝廷终不改，西山寇盗莫相侵。
可怜后主还祠庙，日暮聊为《梁父吟》。

朝廷虽屡经寇盗，几几欲改；而今日朝廷，犹是朝廷，于此不改，则终不改矣。“寇盗”，不专指吐蕃。玄宗回銮之后，蜀中僭乱颇多，如段子璋、徐知道等是也。“莫相侵”妙，若一一分付他，教他切莫如此。若夫朝廷之所以不改者，不必以他事证，即如蜀后主，不过一昏庸之主耳，只为他君主一方，故去今数百年，而祠庙如故。纵中间历几寇盗，终未有侵而改之者，况我唐堂堂共主哉！此“还”字直与“终不改”“终”字应，因叹后主在蜀，全赖一武侯。若今蜀中得如武侯其人者，又何患西山之寇盗也。“日暮”字，伤心之极。年迫衰暮，于蜀无所损益，但把武侯《梁父吟》聊为吟之，未知北极朝廷曾知有此老否？

绝 句

（江碧鸟逾白）

此诗初看去是望归期，而实非也。言总是一样江山，一样花鸟，有何他乡故土之别？但今日归又不能，住又不可，对此花锦世界，日复一日，催人易老，可奈何？三四悲极，则一二并不作快句读矣。

江碧鸟逾白，山青花欲然。
今春看又过，何日是归年？

今日此江山花鸟，明日亦此江山花鸟；今日此青红碧白，明日亦此青红碧白。谓此是真，则他乡何必非真？谓此是幻，则故乡何必非幻？

先生之意，盖不在水，不在鸟，不在山，不在花，何以故？你看即此水，即此鸟，即此山，即此花，而今春才来，今春又过矣。“又过”者，言现见今春，实不自今春始也。“何日”者，言自今春此一日始，又不知那一日止也。流光迅速，命树易倾，流寓如斯，死河将决。归不归且无足论，即此山水花鸟，青红碧白，孰非断送人之物耶？

送路十六侍御入朝

情至，非他送别语，先生之于路十六可知也。

童稚情亲四十年， 三字连下句。 **中间消息两茫然。**
更为后会知何地？ 分插此句在前，笔法矫绝。 **忽漫相逢是别筵。**

别四十年而得会，会却是“别筵”，奇绝事。于“四十年”前插“童稚情亲”字，于今日后插“更为后会”字，奇绝笔。○前会既失，后会未期，今日此会，却是别筵。曾无几日聚首之乐，人生至此，真不堪也！○奇在第三句与第一句作对，前既已矣，后未可知。而第四句，却实指今日之别。

不分桃花红胜锦，生憎柳絮白于绵。
剑南春色还无赖，触忤愁人到酒边。

“不分”“生憎”“触忤”，全用一色俗语。“不分”者，谓桃花不自知分量也。○“桃花红胜锦”“柳絮白于绵”，岂复成诗？诗在“不分”“生憎”字，加四俗字，便成佳笔，固知文贵章法也。○“还”字妙，亦是俗字。犹言我愁如此，而汝春色还要如此触恼也。“春色”即指桃柳，皆是先生极无赖语。

送翰林张司马南海勒碑

公自注：相国制文。

上半首朝廷之大务，下半首朋友之私情。上半首是翰林南海制文勒碑，下半首方是送。先公后私者，臣子之至谊也。想见先生立言之体。

冠冕通南极，文章落上台。
诏从三殿去，碑到百蛮开。

“冠冕”者，张司马也。“南极”者，南海也。“文章”者，制文也。“上台”者，相国也。三句，翰林也。唐制翰林在三殿之西角厢门后，故云“从三殿去”也。四句，勒碑也。“百蛮开”，则南海勒碑也。半首叙公事已毕，下写“送”字。

野馆浓花发，春帆细雨来。
不知沧海上，天遣几时回？

五句，言其时候也。六句，言其行路艰苦也。七八句，言其送之情事也。又七句，结一二三四句；八句，结五六句。夫送则其未去，而已先计其归，为善能摭其至情也。

对　雨

此名“诗上安题”法。

莽莽天涯雨，江边独立时。
不愁巴道路，恐失汉旌旗。

“诗上安题”者，盖君子居是邦，不非其大夫。然朋友讽切之谊，又不可自已，故隐其言于《对雨》，实非因对雨而作也。一二句起，三四句入正意。

雪岭防秋急，绳桥战胜迟。
西戎甥舅礼，未敢背恩私。

五六句，竟置雨而直叙时事之非。七八句，讽其不必如五六句所云也。是时公友高达大新领西川节度，锐意南鄙。公谓叶蕃者，昔年与婚媾，宜可结之以恩，不应遽绝其内附之心，而有“防秋”“战胜”之举。

不然者，恐遂如三四句所云矣。是年达夫欲力制吐蕃，果陷三州，而后悟此诗之老成忠厚也。

玉台观

公自注：滕王造。

（中天积翠玉台遥）

上半首，极言元婴造台之盛。下半首，极言今日寂寞之景。

中天积翠玉台遥，上帝高居绛节朝。
遂有冯夷来击鼓，始知嬴女善吹箫。

玩“遂有”“始知”字，可谓指挥而天地动，咄吒而风云生，何其盛也！

江光隐见鼋鼍窟，石势参差乌鹊桥。
更有红颜生羽翰，便应黄发老渔樵。

五句，言更无冯夷击鼓。六句，言那曾嬴女吹箫？便似“曲中人不见，江上数峰青”之法也。故接云更得元婴重活，定要安分过日。○“生羽翰”，妙谑。“生羽翰”乃成仙天上语，今接在“更有红颜”四字下，然则前日已不得成仙上天而死矣。岂其重生即有成仙哉？不如八句云云。

春　归

此诗莫作写景看。

苔径临江竹，茅檐覆地花。十字，其法不可寻。
别来频甲子，归到忽春华。“别来”“归到”，非连字，莫用熟忘之。
倚杖看孤石，“看孤石”，介如石矣。倾壶就浅沙。“就浅沙”能远害也。○“孤石”“浅沙”，俱用《大易》。
远鸥浮水静，轻燕受风斜。鸥静易解，燕斜难会。刘云“有态”，小儿语耳！○归即身轻如燕。即更受风，必非当头打来，便可随方回避得。
世路虽多梗，吾生亦有涯。只知其至言，不知其斡补也。
此身醒复醉，乘兴即为家。

第二解，人言是随手写景，即与起二句，成何章法？当知此诗，只有起二句写景。

韦讽录事宅观曹将军画马图引

通篇起承转接，亦有“十口霹雳”之意。必具如此笔态，方可受此题，作此文。

国初已来画鞍马，神妙独数江都王。
将军得名三十载，人间又见真乘黄。

写曹将军，却从天落下一江都王，笔势矫悍，不可骤降。乃第三四句，早又着题，更不费力者，妙在“独数”，便挑“又见”；“国初已来”，便挑“得名三十载”；“神妙”，便挑“真乘黄”。宾主两边，字字对挑，遂一放一收，早已就题也。力大者挽强弓，柔手思试，鲜不被伤矣。

曾貌先帝照夜白，龙池十日飞霹雳。妙画之妙，只空写。留至本题，方实写。
内府殷红玛瑙盘，细玩句法。婕好传诏才人索。细玩句法，只是空写。

前解说江都王，方收到曹将军。此解悍笔忽又放去，忽又从天落下一先帝照夜白。怪矣哉，何其笔起笔落，亦须似龙池霹雳也！次欲写妙画称旨，宣赐宝盘耳，是亦绝技承恩恒事。他人搦管，亦所常叙。此忽又从天落语云“内府殷红玛瑙盘”。是与上接，是与上不接？读先生诗，最要学此等句法也。

盘赐将军拜舞归，轻纨细绮相追飞。人情如此。
贵戚权门得笔迹，始觉屏障生光辉。

出韦录事宅，亦是大笔。不止韦宅，而韦宅已出矣。

昔日太宗拳毛騧，近时郭家狮子花。

今当写韦宅观画马矣，偏不写，偏再用悍笔折出题外去，横插二真马入来。

今之新图有二马，复令识者久叹嗟。
此皆骑战一敌万，便当真马看。缟素绢素也。漠漠开风沙。便当真马看。

前二句悍笔正在题外，此解看他公然矫矫便折入来。○与其先看画，然后叹其与拳毛、狮子无二，何如先横插在外，此解便趁势落笔耶？其中具有无量神力，先生既绣出鸳鸯，圣叹又金针尽度。寄语后人，善须学去也。

其余七匹亦殊绝，迥若寒空动烟雪。补七马。
霜蹄蹴踏长楸间，马官厮养森成列。补马官。

本是九马，硬派作二马、七马，总是悍笔奇事。○于九马下，另补马官厮养作衬。孔子云："臣闻以桃雪黍，未闻以黍雪桃。何则？贵贱殊也。"今亦只应以马衬人，奈何以人衬马？须知马之神骏者非马，人之驽骀者非人，然则便用相衬，知未屈卿也。

可怜九马争神骏，顾视清高气深稳。

借问苦心爱者谁？后有韦讽前支遁。

“清高”，岂复叹马语？“深稳”，一发岂复叹马语？悍笔忽又从天落下一支遁。夫支爱真马，韦爱画马，则岂先生牵引不伦？不知全赖引得支遁，今日始知韦宅九匹，悉是真马。不尔，至今谓是画马而已。○道树云：曹将军外，忽请出一江都王；九马外，忽请出一照夜白、拳毛䯄、狮子花，悉是我意已到。至于韦讽外，又请出支遁，真是思入风云，更不得料矣。

忆昔巡幸新丰宫，翠华拂天来向东。七字先衬。
腾骧磊落三万匹，皆与此图筋骨同。

上文不知于题已完抑未完，但见此解又用悍笔放开去。《诗》有之曰：“心乎爱矣，遐不谓矣？中心藏之，何日忘之？”身自在韦宅看曹画，无端却陡然想到东巡三万匹，为是为结此诗，为是不为此诗，漠漠风沙，几不能于纸上寻之矣。

自从献宝朝河宗，无复射蛟江水中。
君不见金粟堆前松柏里，龙媒去尽鸟呼风！明皇泰陵，在蒲城东北金粟山。

二解虽用悍笔，又陡写东巡三万匹，然末句仍挽到“皆与此图”七字，不近不远，使可结束。先生偏不肯，仍折出去，于是曹与韦画只是九匹，而诗则照夜白一匹，拳毛䯄、狮子花二匹，新丰宫三万匹，炫目极矣！却结之以金粟山松柏中并无一匹，悍笔奇事，总非笔墨所曾到也！

丹青引赠曹将军霸

韦讽宅观画九马，叙出无数马来，格最奇。此《丹青引》专为一马，却叙出无数人来，格尤奇。〇起处写将军之当时，极其岿岚。结更写将军之今日，极其悲凉。中间述其丹青之恩遇，以画马为主。马之前后，又将功臣、佳士来衬。起头之上，又有起头；煞尾之下，又有煞尾。至于插入学书卫夫人一段，授弟子韩干一段，昔日右军为弟子，贤过其师；今日将军得弟子，师贤于弟。波澜叠出，分外争奇，却一气混成，真乃匠心独运之笔。

将军魏武之子孙，于今为庶为清门。
英雄割据虽已矣，文采风流今尚存。

一解。非为将军溯遥遥华胄也，只要逼出“文采风流今尚存”一句。

学书初学卫夫人，但恨无过王右军。
丹青不知老将至，富贵于我如浮云。

二解。从学书不得意，去而学画，说得丹青有本领。不学王右军，直学卫夫人，即就学书一节，将军是何等意思，那得不浮云富贵乎！

开元之中常引见，承恩数上南薰殿。
凌烟功臣少颜色，将军下笔开生面。
良相头上进贤冠，猛将腰间大羽箭，
褒公鄂公毛发动，英姿飒爽来酣战。

三解、四解。画凌烟阁二十四功臣，此是承恩第一件事，以为下玉花作引。画到毛发欲动，百十年后，尚仿佛如酣战光景，岂非入神之画！

先帝天马玉花骢，画工如山貌不同。
是日牵来赤墀下，迥立阊阖生长风。
诏谓将军拂绢素，意匠惨淡经营中。
斯须九重真龙出，一洗万古凡马空。

五解、六解。先将天马安放，扫开一切俗工。牵来赤墀下，要亲看其下笔也。着“是日”二字，见与他画工下笔之日不同。“阊阖”，天门也。所画者天马，故用“阊阖”字。“生长风”，亦写天马行空之势。“拂绢素”，“拂”字下得轻妙。诏谓汝轻轻拂去，当胜他画工之累日不成也。然诏虽如此，将军手展绢素，凝眸打算，断断不轻用笔，有似苦难而形色惨淡者。然惨淡实不在外，乃是其意匠耳。“经营”者，将马从头至尾一直看去曰“经”，复从马四面看转来曰“营”。将军经营良久，俨然见天马立于绢素间，然后纵笔一拂，须臾而天马出矣。谓之“马”可，谓之“真龙”亦可。彼万古凡马，不几于群遂空乎？究所以空万古之马群者，只一绢素之马，画马何其工也！

玉花却在御榻上，榻上庭前屹相向。
至尊含笑催赐金，圉人太仆皆惆怅。

七解。玉花未画，玉花屹在庭前。绢素一拂，玉花宛在榻上。不知榻上者为真乎？不知庭前者为真乎？抑榻上、庭前一时有两玉花乎？不然，庭前既有玉花，则榻上不应有；榻上既有玉花，则庭前又不应有。相向之际，真令人眼花撩乱也。“赐金”何必用“催”？盖至尊宠赉之意，迫不能须，一时赐予之物，又来不及，故用“催”字，言外又见经营虽久，而绢素一拂，其事甚捷也。至尊于画马者，不觉得意含笑，直谓之真马。彼圉人、太仆，乃主真马者，能不对之惆怅乎？写一时人情注视榻上之马，有不能自持者然。

弟子韩干早入室，亦能画马穷殊相。
干惟画肉不画骨，忍使骅骝气凋丧。

八解。将军自图天马以后，声誉赫然，从而北面者无算，然总未有如将军者。因转笔到入室弟子，如韩干者而终莫及。盖以上赞将军之马，已罄无不尽，故作此一转，非过抑韩干也。然画肉不画骨，针砭世人多少！

将军善画盖有神，必逢佳士亦写真。

只今漂泊干戈际，屡貌寻常行路人。

九解。据将军画马独能画骨，故云“必逢佳士亦写真”。从来佳士，必不以肉重也。先生恨不身为裴颜，使颊上添毛。乃其干戈漂泊，佳士难逢，区区向行路人作缘，能不为之一哭。

途穷反遭俗眼白，世上未有如公贫。
但看古来盛名下，终日坎壈缠其身！

十解。不但结写将军末路，亦先生自写也。不但先生自写，实写尽古来盛名下士也。

春日江村五首

极似良辰无事，逍遥原野题。及读其诗，江村之大计如彼，春日之皇皇如此，叹先生一肚皮禹、稷，非雕虫小儿之所知也。

农务村村急，春流岸岸深。
乾坤万里眼，时序百年心。此眼便是禹、稷。

看先生劈头提起“农务”二字。题是一村，诗忽云“村村”，盖一村急，即村村不可缓也。于是先生放眼再思：一村急即村村急，今纵横万里，果得村村皆已急乎？或连兵漫野，或受甲不归，其若之何？念至此，便不胜已溺已饥之痛。然而一生之心，至今不试，时序又春，百年眨眼。我如苍生何？苍生如我何？真乃睹此茫茫，百端交集者也！

茅屋还堪赋，桃源自可寻。
艰难昧生理，飘泊到如今。“艰难”，说苍生。

此非无家语。承上“乾坤万里”，有田不耕如此，我奈何独以家为？盖非无茅屋，不少桃源，遭时艰难，甘就飘泊，正即大禹三过不入一副心肠也。读此诗，相先生何等人！

其二

迢递来三蜀，蹉跎又六年。看“又”字。
客身逢故旧，发兴自林泉。

二首。前此蹉跎，不道自从来蜀，即又六年蹉跎矣。六年，又不道眼见今春又蹉跎矣。逢故人，发高兴，不知不觉便又过此春日了也。二句十字，正写尽蹉跎人，并非得意语。

过懒从衣结，频游任履穿。
藩篱颇无限，恣意向江天。

不知者只谓是飘泊无家，来依故旧。今只试看衣破履穿，如此其极，若谓故旧可依，何不少乞沾润？今一置度外而恣意江天，即知人各有心，不能强白也。

其三

种竹交加翠，看“种”字。**栽桃烂熳红。**看“栽”字。
经心石镜月，到面雪山风。

三首。看“种”字、“栽”字，知竹翠桃红，大是苦语。六年以来，交加烂熳，有如此矣。“石镜”“雪山”，皆蜀中事。言并无国事经心，天颜到面，月则蜀月，风则蜀风，可恼不可恼？

赤管随王命，银章付老翁。永泰元年，严武奏先生为节度参谋检校工部员外郎，赐绯。
岂知牙齿落，名玷荐贤中。

此述永泰元年事，自笑也。六年傍蜀，甫得一荐。官不副望，转见恼人。“随”字、“付”字、“岂知”字妙，皆从夷然不屑意思中下得来，非负严公盛心。我心头自有第一首如许大愿，则此区区赤管银章，实是无可得展舒也！读“牙齿落”字，益笑“交加”“烂熳”之为苦语矣。

其四

扶病垂朱绂，归休步紫苔。
郊扉存晚计，幕府愧群材。

四首。入幕也，谓之到官。出幕也，谓之归休。又才到官，便归休，总见恼，又见傲，此正翻第一首之后解成诗。言向来不问生理，只为苍生急耳，今既所愿俱违，则郊扉晚计，宜图存活，何用与衮衮诸贤，榆柳并列者？

燕外晴丝卷，鸥边水叶开。俯仰无聊如见。
邻家送鱼鳖，问我数能来。

于是仰瞩晴丝，俯瞻水叶，不去无谓，欲去无因。邻家不知，疑我终此，又馈又招，情谊最厚。乃馈我又馈得不入眼，招我又招得不入耳。入幕受诸公恼，出来又受邻家恼，真是“恼不彻”也！“鱼鳖”字用得妙，唐突蛟龙何限！

其五

群盗哀王粲，中年召贾生。
登楼初有作，前席竟为荣。“初”字、“竟”字，妙妙！

五首。试思“群盗哀”字，王粲心头何等意思？“中年召”字，贾生一生成何知遇？于是而始赋《登楼》，不待再决；前席一夜，竟了生平也。千秋万岁称杜“工部”，则是此日决也。

宅入先贤传，才高处士名。
异时怀二子，春日复含情。

因言今在时，谁思用之，至于异时矣。“异时”者，先生不复在之时也！是时定怀我，亦如我今怀二子矣。“异时”字妙，即用汉武帝“朕独不得同时”语翻出来。○“春日复含情”，临了忽宕此五字，吟之使人苍茫无际。夫二子后更无二子，先生后更无先生，独春日后年年须有春日也。于是二子后，先生含情；先生后，人含情；人后，又有人含情。除非不是先生一种人，此情真乃含之不了也！○看他五首，宛转反覆，只是一篇文字。

楠树为风雨所拔叹

按史：永泰元年三月辛丑，大风拔木，此诗岂纪实耶？又，是年四月，严郑公薨。读起曰“草堂”，结曰“草堂”，知为郑公，不为楠树也。

倚江楠树草堂前，句法。**故老相传二百年。**

诛茅卜居总为此，五月仿佛闻寒蝉。

四句写楠树，却又写江，又写故老，又写五月，又写根本久，又写荫庇大，笔态离奇拉杂，真非弱手所办。然犹不足奇，奇莫奇于第三句横插“诛茅卜居总为此”七字，便见“倚江”“倚”字，“草堂前”“前”字，“故老相传”“相传”字，“仿佛寒蝉”“仿佛”字，悉在先生心头眼底，千筹百度。凡未诛茅已前，既卜居已后，一片倚仗，无数周虑，尽提出来。道树云：此四句专写草堂，不写楠树，虽通篇亦专写草堂，不写楠树。真知言也。

东南飘风动地至，江翻石走流云气。
干排雷雨犹力争，根断泉源岂天意。

二句写风雨，二句写楠树。“干排”等十四字，字字惊心荡魄，乃中间一“犹”字，便哭杀诸葛忠武侯也！试思雷雨何等对头？“排雷雨”何等孤愤？楠树不与雷雨敌，然则力是何等力？楠树又不为雷雨降，然则争是何等争？乃正在鞠躬尽瘁，死犹不已之际，天地间事，往往有不可说者。干自力争于外，根已早断于内，高叫皇天后土，是遵何德者哉！

沧波老树性所爱，浦上童童一青盖。
野客频留惧雪霜，行人不过听竽籁。

上解欲哭，即直当哭杀矣！不如重起反覆吟叹之。陪一“沧波”，妙，笔墨便阔。浦，江浦也。“浦上”七字，即重写沧波老树，而“性所爱”，便不写自见也。“惧雪霜”，庇其盛德；“听竽籁”，仰其风流。想先生倾倒于严至矣。

虎倒龙颠委荆棘，泪痕血点垂胸臆。
我有新诗何处吟，草堂自此无颜色！

前第二解写正拔，此写已拔也。血泪垂胸，即下何处吟诗二句也。《论语》云：“因不失其亲，亦可宗也。”看通篇结构，“草堂”起，“草堂”结，知为草堂，不为楠树。先生于是乎思去草堂矣。

去　蜀

去蜀也，非归关中也。永泰元年四月严武薨，五月以郭英乂为成都尹，公与郭有旧而志不合，遂且去耳。

五载客蜀郡，“五载”字痛。一年居梓州。“一年”字痛。
如何关塞阻，转作潇湘游。

五载蜀郡，一年梓州，骤读之，谓只记其年月踪迹，殊平平无警耳。

不知先生以大臣自待，国家安危，无日去心，身在此中，真朝朝暮暮以眼泪洗面，虽一日有甚不可者，奈何“五载”？奈何“一年”？唱此四字，椎心喷血，已为积愤极痛。三句“如何关塞”一转，不觉失声怪叫：“今日去蜀，又非归关中耶？”看他“游”，下得愤极。今日岂得游之日？我岂得游之人？然此行不谓之“游”，又谓之何？刘越石、祖士稚，一齐放声恸哭，是此二十字也。

万事已黄发，残生随白鸥。是勉强收泪语，正复更痛。
安危大臣在，何必泪长流。自云“何必”，正复更痛也！

试思先生心中是何“万事”？上解热极，此解乃假作冷极，以自排扑。然岂真有大臣在哉？有大臣在，关塞何至又阻？正暗用《左传》“肉食谋之”语。而彼自以为大臣，我亦因而称之为大臣耳！夫思不得而怨，怨又不得而愤，皆忠臣自然之致，无伤也。

宿青溪驿奉怀张员外十五兄之绪

既是奉怀张十五，却只有“中夜怀友朋”五字，其余并不更叙。然则通首皆宿青溪驿而偶及张耶？不知之人，讵曰不然。岂知此诗乃是写张十五无一日不怀先生，而日日苦不知先生在何处；先生却偶然此日，恰在此处，既料是张之所不知，实并亦自之所不料。于是哭不及，笑不及，撰诗二解，默呼谣告：劳君茫茫相念，我今夜乃适在此驿也。通篇一气呼应，总是借好友恩情，写自家流落。作怀张诗读固非，作纪程诗读亦非，全是一片灵幻摇动而成。

漾舟千山内，日入泊枉渚。
我生本飘飘，今复在何许？

通日漾舟，至日入泊舟，于是宿青溪驿也。言“千山”者，见不止此日，此日已前，此日已后，日日漾舟可知。而此日则适泊枉渚，陡然忽动心作诗耳。看他三分人语，七分鬼语，凭空托一好友，而于其好友心中口中，凭空问出四字曰：杜子美，“今在何许？”又即便自言自语答之曰：“诚哉，吾生飘飘，昨亦不知在何许，明亦不知在何许，然则今夜真正复不知我在何许也！”先生已明在青溪驿而又云“在何许”，可知张语耳。如此想法、章法、句法，岂不奇？一解。

石根青枫林，猿鸟聚俦侣。
月明游子静，畏虎不得语。

写今夜宿处，下是石根，上是枫林，无数是猿鸟，一片是月明。不知者谓是写青溪驿景，殊不知乃是写宿青溪驿人。盖竖计一生百年，则今夜；横计乾坤万里，则此处。故下紧接“游子静”三字成句。“游子”者，石根上、枫林下、猿鸟边、月明中之人。“静”者，石根上、枫林下、猿鸟边、月明中之情也。第四句正写“静”字之苦，非必青溪有虎。即使无虎，而我为失群之人，即又何恃而不畏哉？既已甚畏，即又何敢出一语哉？盖友朋隔绝之苦如此。二解。

中夜怀友朋，乾坤此深阻。
浩荡前后间，佳期付荆楚。

“怀友朋”者，怀彼之怀我也。彼怀我，我安得不怀彼？既怀彼，安得不以我告彼？于是告之曰：乾坤大矣，于乾坤中有此驿，于驿前有此渚，于渚上有此舟。我则于此驿、此渚、此舟，深而又阻也。因云：今夜之前为前，今夜之后为后，前后之间为今夜。夫今夜，我尔佳期则既明明已矣。“付荆楚”“付”字妙！是今夜佳期绝望之辞，非日后佳期早订之辞。看他如此二语上又加“浩荡”字，真令人茫然魂断也。三解。

狂歌行赠四兄

四兄真是好，此好歌又能副之。熟记作老年信口闲哦用也。

与兄行年校一岁，贤者是兄愚者弟。
兄将富贵等浮云，弟窃功名好权势。

一解。以先生之人品心地，岂得自作尔语？然较之如此四兄，真正愚乃不啻矣。

长安春雨十日泥，我曹鞴马听晨鸡。
公卿朱门未开锁，我曹已到肩相齐。

二解。亦是世间万不得已常事，然只可作，不可说。一说出来，便丑杀人。到齐在开门前，听鸡又在到齐前，鞴马又在听鸡前。由鞴马至开门，相距何止遥遥半日！写长安官人之苦、之丑遂尽。如此三句，上更加“泥”“雨”“十日”字，分外苦不可言。两“我曹”字，牵出他人，大家羞死。

吾兄睡稳方舒膝，不袜不巾踏晓日。
男啼女哭莫我知，身上须缯腹中实。

三解。写鞴马听鸡之时，正是吾兄睡稳舒膝之时；至朱门开锁之时，却是吾兄起踏晓日之时。夫冲泥候锁，得入朱门，岂曰无求？求岂必得？然则求而不得，跼蹐无地之时，乃是吾兄身缯腹实，更无所须之时也。二解对写贤愚，各各尽情极致矣。“不袜不巾踏晓日”，是画新睡起脬中溺急人，表吾兄不为此事，便至今卧不起，亦暗用嵇叔夜语也。七字，字字入画。“莫我知”，犹言莫说与我知，又非用《论语》语。或问何必下此句？不下此句，恐人疑四兄是多收十斛麦老公也。

今年思我来嘉州，嘉州酒重花满楼。
楼头吃酒楼下卧，长歌短咏还相酬。

四解。如此兄，忽然远来，正是极难发付，恰好嘉州酒重花满。“楼头吃”“楼下卧”，遂为极称也。○忽思此兄又敢与先生歌咏相酬，益复奇。

四时八节还拘礼，女拜弟妻男拜弟。
幅巾鞶带不挂身，头脂足垢何曾洗。

五解。前解知四兄能诗，此解又知四兄敦礼。一肚皮诗礼，方可作巢、许，不然，头脂足垢，牧猪奴遍身岂少哉！○礼不为我辈设，自是千古透底语。然未尝不为儿子辈设也。幅巾鞶带，曾不挂身，而岁时拜谒，男女必敬。诚以汝辈非我境界，且须谨守圣贤遗教。不然，其父报仇，其子行劫，万一荡而不返，真为老大害事也。一解写尽礼法外人最爱礼法，遂为嵇、阮诸公吐气。○看他第二句，一“女”，一“男”，一“弟妻”，一“弟”，便有四个人。中间又用两“拜”字。却用大力于七个字中，写得内外礼节井井然。

吾兄吾兄巢许伦，一生喜怒长任真。
日斜枕肘寝已熟，啾啾唧唧为何人？

六解。赞吾兄巢、许，只以“喜怒任真”四字实之。可见人但走得喜怒任真处去，便是真正巢、许。可怜长安官人，喜时不敢真喜，怒时不敢真怒，又有时乃至欲为不真之喜，不真之怒，校四兄真愚乃不啻也！

○前写晚起，此写早睡，章法掩映之甚。“啾啾唧唧”者，便是鸡未鸣起鞴马人也，哀哉！

旅夜书怀

通篇是黑夜舟面上作，非偃卧篷底语也。先生可谓耿耿不寐，怀此一人矣。

细草微风岸，危樯独夜舟。 写岸、写樯，若卧篷底，不复知之。

星垂奇。**平野阔，月涌**奇。**大江流。**

“独夜”者，舟上一夜之先生也。舟中若干人，烂熳睡久矣。星何故垂？以平野阔故，遥望如垂也。月何故涌？以大江流故，不定如涌也。夫平野阔则苍生何限，大江流则岁不我与，此二事，正自日日婴于怀抱，庶几独今夜暗中，无所触目，暂得一置耳。乃又以星垂月涌，惊骇瞻瞩，还算出来，然则何时始得不入于心哉？○看他眼中但见星垂月涌，不见平野大江；心头但为平野大江，不为星垂月涌。千锤万炼，成此奇句，使人读之，咄咄呼怪事矣。

名岂文章著，官应老病休。 应，殆应也，非宜应也。是愁语，非歇语。

飘飘何所似？天地一沙鸥。

丈夫一生学问，岂以文章著名？语势初欲自壮，忽接云但老病如此，官殆休矣。看他一起一跌，自歌自哭，备极情文悱恻之致。夫天地大矣，一沙鸥何所当于其间。乃言一沙鸥而必带言天地者，天地自不以沙鸥为意，沙鸥自无日不以天地为意。然则非咏天地而带有沙鸥，乃咏沙鸥而定不得不带有天地也。小同大异，可与知者道耳。

云安九日郑十八携酒陪诸公宴

尤苦在结二语。“旧摘”二句，未为苦也，读去自知。

寒花开已尽，菊蕊独盈枝。
旧摘人频异，轻香犹暂随。

起二语，多恐亦是寄托语。“旧摘人异”，是苦语，加一“频”字，然则转盼又成旧也。生涯流水，岂堪多读！人非坚质，故菊亦称“轻香”。“暂”字苦，不知“犹”字尤苦，佛经谓之许现亲附。

地偏初衣袷，山拥更登危。
万国皆戎马，酣歌泪欲垂。

人徒知万国戎马，故泪垂，即岂复成诗者耶？万国戎马，而此独酣歌，是以不得不泪垂耳！我见题中有“诸公”字，便知先生是日必无好气也。如此读断“泪垂”字，是则圣叹所以奉赠后贤者也。○读毕，始知寒花开尽。

十二月一日三首

三诗，全作来年春月语，题却是《十二月一日》。“十二月一日”者，言在十二月，还是月头一日，尚须遥遥阅三十日，始到来春。今先生更忍不住也，归去了也，快活了也。想人家学堂中节届小儿有此心事，今先生是此心事也。看他一题五字，直将未交今日前，月月日日，苦不得归，无限闷怀，都画出来，却又不见笔墨。

今朝腊月 望来年，遂望十二月。望之既久，今朝已是十二月矣。看他将题面“一日”字，倒安“十二月”字上，便成此四字，而一肚皮归去也，快活也，遂若跳脱而出。**春意动，** 三字便如病热谵语。**云安县前江可怜。** 平日人无奈江何，今日江无奈人何。平日人可怜，今日江可怜也。**一声何处送书雁，** 雁去也。**百丈谁家上濑船？** 船去也。

“今朝”下，才接得“腊月”二字耳，安得春意早动？盖是归心切极，望到腊月便如已到正月，更不暇计还有三十日，而心头眼底全是正月。病热发谵，分明眼见，人自不知，彼非无见也。次句不说自可怜，反说江可怜。我今去也，弃却汝也。“一声”妙，“百丈”妙，身立江头，精神飞越，忽闻一声是雁去了也，忽见百丈是船又去了也。一片恍恍惚惚，不知其是何语。

未将梅蕊惊愁眼，腊月。更取椒花媚远天。正月。
明光起草人所羡，肺病几时朝日边。肺病不如下释，不能成句。

正应云“未将梅蕊”“更取椒花”，今更等不得也。腊月即未动，正月宜速营。“惊愁眼”，是惊云安县前之眼；“媚远天”，便媚明光殿中之天。真是不能顷刻待也。第七句竟归矣，竟在殿中起草作制诰矣，竟闻多人啧啧羡之矣！倩女离魂，不过尔尔。第八句忽又转作憨态，言正苦肺病，不便侍从，得少缓几时为乐。一片恍恍惚惚，不知其是何语也。

其二

寒轻市上山烟碧，日满楼前江雾黄。在腊月一日如此，岂不闷人！
负盐出井此溪女，打鼓发船何郡郎？

二首。瘴俗如此，苦住不去，岂人情哉？“负盐出井”四字，写得极苦。“打鼓发船”四字，写得极快。女为此溪女，虽负盐出井，亦老死甘之耳。郎若何郡郎，皆打鼓发船已力疾去之矣。然则我独何心，必久住不去者哉？

新亭举目风景切，茂陵著书消渴长。
春花不愁不烂漫，楚客惟听棹相将。

况乎新亭风景，不暇流涕，戮力王室，日夜以之。乃徒病免茂陵，著书费日，未免有心，岂可堪此！或乃因今日尚是十二月一日，因谓我何太早计者？夫日月之疾，喻如流电，春花烂漫，转眼便及。不问何日，一有船便，便决计归朝，更不能于此县前江边再作迁延也。○此首又正写。

其三

即看燕子入山扉，岂有黄鹂历翠微。

短短桃花临水岸，轻轻柳絮点人衣。十二月一日诗，写出无数燕子、黄鹂、桃花、柳絮，岂不怪事？若无圣叹心知其事，奈何不闷！

第一首，全是病热谵语。第二首，忽正写。此第三首，又发谵语也。《十二月一日》题，第一首，还作正月梦。此第三首，直作三月梦也。写燕子，又写山扉；写黄鹂，又写翠微；写桃花，又写临岸；写柳絮，又写点衣。来年三月，不啻若自其口出也。

春来准拟开怀久，“久”字好笑。老去亲知见面稀。

他日一杯难强进，重嗟筋力故山违。

总上四句，谓之“春来”。“准拟开怀”，盖已久矣。何也？老去会稀，亲知可念也。悉是十二月一日最赊语，故妙。不然者，日复一日，遂成他日。万一一杯难进，故山尚违，岂不极大嗟恨哉！三首纯是得归快语。至此，陡然以不得归苦语作结。

子 规

看他前解一二三句，都不是子规，至第四句，方轻点。后解五六七句，又都不是子规，至第八句，方轻写。一首诗便只如两句而已，我从未睹如是妙笔。

峡里云安县，江楼翼瓦齐。
两边山木合，终日子规啼。

于峡里有云安县，于云安县前有江，于江上有楼，于楼两边有翼瓦，于翼瓦外有山木围合。凡用若干字，写成三句诗。而若掩其第四句，即反覆测之，必不能知其为子规也。及乎四句一气全读，则不知何故，又觉“峡里”字非峡里，“云安县”非云安县，“江楼”字非江楼，“山木”字亦非山木。四句诗但见全是一片子规声，至今哀哀在耳。故某常与道树晨夕闲坐，细论此诗，若谓是咏物，既全不是咏物，然欲谓是写怀，又无一字是写怀。总之先生妙手空空，如化工之忽然成物。在作者尚不知其何以至此，岂复后人之所可得而寻觅也！〇道树云：一二三句，“峡里”字，“云安县”字，“江楼”字，“翼瓦”字，“山木”字，一得“子规啼”字，便觉字字响。乃子规响中，实实坐一先生。故再得“终日”字，便又觉若干字，字字愁也。

眇眇春风见，萧萧夜色凄。
客愁那听此，故作傍人低。

五六句十字，全写客中愁境。言日则泪眼眇眇，对此春风，自亦不解见何所见。暮则旅魂萧萧，依于夜色，自亦不解凄何所凄。看他日日暮暮，徜徜恍恍，唧唧恻恻，所谓以此思愁，客愁可知也。此时即无子规，已是无奈之至。乃无端小鸟，偏来恼人！“故”字、“傍”字、“低”字妙，不知为是子规真有是事，抑并无是事？然据愁客耳边，则已真有其事也。○道树云：“那听此”妙。便如仰诉子规，求其曲谅。“故傍人”妙，便如明知客愁，越来相聒。写小鸟动成情理，先生每每如此。

八阵图

此诗要认得第三句，则吞吴之失，不辨已明。

功盖三分国，名成八阵图。
江流石不转，遗恨失吞吴。

孔明未出草庐，三分之局已定。由后日观之，孔明一生除了三分，亦更无可为先主效力者。故功成一统，孔明之才之心；而功盖三分，则孔明之时命也。“八阵图”，垒石作八行，在鱼复浦平沙上。一天、二地、三风、四云、五飞龙、六翔鸟、七虎翼、八蛇蟠，为八阵，设此隐以制东吴寇蜀之路。盖东和孙权，北拒曹魏，乃孔明三分胜算。幸而吞吴灭魏，亦或不可知之事。而不谓关羽奋一朝之勇，失之于先；先主又逞一击之忿，失之于后。不能亲吴，则亦岂能拒魏哉？徒使阵图之立，后人叹为奇才，而无益于一时胜败之数也。先生于鱼复浦目击阵图，因叹之曰：如此大江奔流而下，乃至十围巨木，百丈枯槎，纵横各失其故，而八阵图至今屹然不动。此虽赞阵图，实喻当日三分之势，有若横流，而孔明以一身为之长城，亦如阵图之石之屹然不动也。其至今遗恨者，不亲吴而欲吞吴，究反为吴所败。其失孰甚焉？失阵图之意，而空存阵图之名，非孔明之遗恨而何？

遣闷戏呈路十九曹长

先生赠李白诗云："何时一樽酒，重与细论文？"先生之诗已到极细。极细，则为人所不易窥。其谁复款以酒杯耶？篇中云"晚岁渐于诗律细，谁家数去酒杯宽"，当日之闷，闷在此二句。不关雨不雨也。非路十九，谁与拨闷者？特以长途雨湿，路既不能来邀，先生亦复不能遂往，而意又急欲往，故先戏呈，期于一拍即上耳。路曾官拾遗，在西省，故以曹长称之。

江浦雷声喧昨夜，春城雨色动微寒。
黄莺并坐交愁湿，白鹭群飞太剧干。

"雷声喧"者，见其雨大，是昨夜如此。"动微寒"者，春寒多雨，见天未即晴也。莺极怕雨。鹭，水鸟，不怕雨。“黄莺”句，承“春城”句。“白鹭”句，承“江浦”句。莺于林木为宜，鹭于野浦为宜也。“并坐交愁”妙，“群飞太剧”妙。“并坐”者，当是雄雌相并也。“剧”，即是戏。“太剧”者，喜其羽毛得干也。此二句，寓二种意在：若依黄鸟，只好坐在家里；若依白鹭，又好走出门去。先生一心要到路十九家去，写来不觉直如戏语。诗到此，岂非化境！

晚岁渐于诗律细，谁家数去酒杯宽。
惟君最爱清狂客，百遍相过意未阑。

“诗律细”“酒杯宽”，用一路逼法，逼到路十九身上去。路十九爱先生，是爱其律之细也。却偏以“清狂”二字替之，妙绝。不然，便是以诗为酒杯地也。今之“酒杯宽”者，算来只有一个路十九，故曰“惟君”。今我要遣闷，除路十九，更到谁家？“百遍相过”者，我两脚只思走到君家，不顾有雨无雨。一遍不止，两遍不休，即至百来遍，亦无不可。何以故？度君爱我之意，正未阑也。路十九家，真是遣闷之地。是日雨中，性急要去，语语作相逼之势，是为“戏呈”也。○妙诗妙批。

◇ 遣闷戏呈路十九曹长（别批） ◇

此诗是遣闷，不可因“百遍相过”句，便谓与“江阁邀宾许马迎”一首是一意也。每见粗心人，见题中有一戏字，便谓先生老饕馋吻，动以杯酒赖人，殊可嗤也！○愁闷之来，如何可遣？要惟有放言自负，白眼看人，庶可聊慰。然不搜求出一同志人作伴，则众醉指摘，百口莫辩，方将搔揉无路，又焉望其自遣哉？此诗题是“遣闷”，先生独能找出一路十九相陪，便知必定心满意足。若夫“戏”字，则落魄贫人不戏，又焉得遣去闷乎？非但要看先生诗是妙诗，切须要看先生题是妙题。

江浦雷声喧昨夜，春城雨色动微寒。
黄莺并坐交愁湿，白鹭群飞太剧干。

闷，莫闷于他人闹热之至，而自己寂寞之极。乃闷尤闷于因自已寂寞之极，转觉他人闹热之至。如江浦雷声，喧闻昨夜，即先生有诗，所谓“同学少年都不贱，五陵裘马自轻肥”是也。彼即岂顾春雷乍动，细雨生寒，白屋茅斋之下，有人伏处难堪者乎？三四“黄莺”“白鹭”，黄鸟有求友之德，白鹭有弃旧之讥，是诗家用字一定之律。先生诗“两个黄鹂”“一行白鹭”，职此意也。○黄莺曰“并坐”。“并坐”者，此身之外仅得一路十九也。“交愁”者，正所谓惺惺惜惺惺，好汉惜好汉。惟我愁路之湿，惟路愁我之湿也。写得真已闷极，却又怪他白鹭作队成群，偏不畏湿。不但不畏湿，而且太卖弄其干。“剧”之为言尽情极致，真使人不堪闷杀也。○前解，纯是写闷。

晚节渐于诗律细，谁家数去酒杯宽。
惟君最爱清狂客，百遍相过意未阑。

后解，纯是写遣。○人而至于晚节，发既苍苍，视既茫茫，成名乎？就利乎？老妻可以免于交谪，稚子可以免于饥寒乎？要之无一也，然则闷极矣。乃顾盼自雄，鼓腹自诩：独不知我诗律之渐细乎？不知者谓是满足自夸，岂知全是十成无赖；所谓“戏”也，所谓“遣”也。烦郁既极，所冀信步稍舒，然而亲戚友朋，一去而亲，再去而渎，三去而厌矣！谁家可以数去？且谁家可以数去而一任持杯自宽者乎？白眼自恣之言，所谓“戏”也，所谓“遣”也。岂尚顾他人之难当其傲睨乎？七句“惟”字，“最”字，八句“百遍”字，总图极畅，不怕笑破人口也。○凡题有“戏”字诗，只如此。

宿昔

前一首言未乱以前，后一首言既乱以后。然未乱时，隐隐有个乱字，层叠写出；既乱后，隐隐望其不遂以乱终，何等忠厚！

宿昔青门里，蓬莱仗数移。

花骄迎杂树，龙喜出平池。
落日留王母，微风倚少儿。
宫中行乐秘，少有外人知。

“宿昔”妙，见今日祸乱之有由也。天仗岂可数移？而明皇与诸姨往来无度。花骄龙喜，写诸姨与明皇迭为宾主，无礼法也。五句之淫，淫在“落日”字；六句之淫，淫在“倚少儿”字。七八句，承言当时明皇，岂不自谓秘不外闻？乃今普天之下，谁不知有天宝之事哉！○“迎杂树”，花骄极矣！“出平池”，龙喜之至也。只十字，写尽一时情事。

历　历

历历开元事，分明在眼前。
无端贼盗起，忽已岁时迁。
巫峡西江外，秦城北斗边，
为郎从白首，卧病数秋天。

“开元事”，既云“历历”，又云“分明”，乃三句又言“无端”者，为尊亲讳也。此皆先生言外微意。若只云开元中事，分明如昨，而荏苒岁时，忽已迁改，即又安用诗为？“数”字妙，便是予日望之之意，岂为白首为郎之故哉？○“巫峡西江”，“秦城北斗”，眷眷京国，老而弥笃，岂以一官不迁为悲。

洛 阳

此首亦是忆昔之辞，故首句有“昔”字。前解妙于三句“初”字，后解妙于七句“仍”字。

洛阳昔陷没，胡马犯潼关。
天子初愁思，都人惨别颜。

“初愁思”妙，言天子直至是日初有愁思，写得最好笑。一向花骄龙喜，何等快活，却变出愁来，然而潼关已不守矣！

清笳去宫阙，翠盖出关山。
故老仍流涕，龙髯幸再攀。

故老流涕，加一“仍”字妙。言如此天子而故老仍为流涕者，非欲再扳龙髯，殆自伤年老，未必又见太平也。前半首写天宝君臣之梦梦，为都人一哭。后半首写天宝天子虽幸得归，不为万民所惜也。

吾 宗

公自注：卫仓曹崇简。

竟是一篇卫仓曹小传。○此诗只是一起、一承、一转、一合，看他起得好，合得好。君子之处乱世也，应如是矣。

吾宗老孙子，质朴古人风。
耕凿安时论，衣冠与世同。

“安时论”“与世同”六字，针砭多少！

在家常早起，忧国愿年丰。
语及君臣际，经书满腹中。

早起云“在家”，忧国云“年丰”，未及君臣之际，不过尔尔，此真正“安时论”“与世同”者，然非经书满腹不能。周知结语，不在意外转出，乃深证上六句之妙也。○今日经书满腹者，君臣之际，往往难言。始信先生此诗，不可不读。

第五弟丰独在江左近三四载寂无消息觅使寄此二首

第一首，见汝既不能；第二首，闻汝又不确，只得下春水而求汝矣。二首一气成文。

乱后嗟吾在，羁栖见汝难。
草黄骐骥病，沙晚鹡鸰寒。
楚设关城险，吴吞水府宽。
十年朝夕泪，衣袖不曾干。

“嗟吾在”，起得妙，便令下七句，真有恍惚之痛。无消息之人，病亦有之，寒岂免哉？写尽肠中车轮无念不到。若楚乎，则重关跋涉；若吴乎，则泽国苍茫，吾竟知汝何在？

其二

闻汝依山寺，杭州定越州？
风尘淹别日，江汉失清秋。
影著啼猿树，魂飘结蜃楼。
明年下春水，东尽白云求。

“闻汝依山寺”，此山寺，是杭州乎，是越州乎？自别日淹至于今，虽复清秋，于我何涉？言无日不思也。五句写失弟之孤，六句写思弟之幻。怀人真有如或遇之之事，如蜃气无端成楼台也。结更妙绝。

社日二首

两章俱用“南”“北”字，总是先生眷恋旧邦之至。

九农成德业，百祀发光辉。
报效神如在，馨香旧不违。
南翁巴曲醉，北雁塞声微。
尚想东方朔，诙谐割肉归。

秋神为九农正。九农既成，百祀毕举。一起写得国家根本大计，郑重之至。三句转至“社日”字，四句趁势带出一“旧”字，便生出下半首无限感慨。夫社饮而醉，亦自足乐，而所与饮者，悉是南翁。不然，何所唱之悉巴曲也？因而念及北土，则雁声始来。夫流离如此，尚敢想东方细君之乐哉？“尚”字自写痴况，好笑。

其二

陈平亦分肉，太史竟论功。
今日江南老，他时渭北童。
欢娱看绝塞，涕泪落秋风。
鸳鹭回金阙，谁怜病峡中。

次首起句之妙在“亦”字、“竟”字，便有无数不满。上国人谪居下里，节序触目真有如此悲笑。“今日”字，承上云今竟老于是中，岂不记身本渭北生产哉？五六便转云：所以看他欢喜，转益我涕泪。而还阙故人，乃竟已忘我，如何如何！

孤　雁

此先生自写照也。〇余尝谓唐人妙诗，从无写景之句。盖自三百篇来，虽草木鸟兽毕收，而并无一句写景，故曰“诗言志”。“志”者，心之所之也。诗字，从言从寺。先生集中，都是忠孝切实之言，往往有所寄托而愈见其切实，如《孤雁》诸篇是也。庄生书，通涂解向幻忽惝恍一边；殊不知其开口说鲲、说鹏，便是一片切实道理。“北溟有鱼，其名曰鲲”，喻言大德敦化。“化而为鸟，其名曰鹏”，喻言小德川流也。鲲从昆，言一法一法，同体共气。鹏从朋，言此法彼法，其位全疏。鱼为阴，鸟为阳。鱼在海中，其头数不可见，然而其中必有如喜怒哀乐之未发也。鸟之在空可见，而飞去则不见。小过有飞鸟之象焉，如喜怒哀乐之发也。鹏言“背”不言大者，既系小德，不得言大。

然从大德化来，其所由来者大，故云“背”。“背”即北溟也。北人呼“北方”为“背方”是也。物相见为离，北不可见而南可见。《法华》龙女成佛必于南方，故曰“徙于南溟”。如此说来，有一字不切实否？因读先生咏物诗，附见于此。

孤雁不饮啄，飞鸣声念群。
谁怜一片影，相失万重云。

“不饮啄”，写得孤雁有品骨。“飞鸣”“饮啄”四字，本皆雁事，一分便成两妙句。三四正写“相失”，却硬下“谁怜”二字作孤雁心事，真是奇笔。如此对仗，且非唐人数能，何况后来？

望尽似犹见，哀多如更闻。
野鸦无意绪，鸣噪自纷纷。

后解，爱慕孤雁，憎恶野鸦。看他下“无意绪”三字，写尽丑态。彼徒知我辈纷纷为群，即岂念孤雁之孤也哉！“自”字、“纷纷”字，皆所谓“无意绪”也。○孤雁已去，犹云似见如闻；野鸦当面，却如满眼钉刺。后半首之妙如此。野鸦可恨，不在“纷纷”，正在“自”字，看他目中全无孤雁。

◇◇ 秋兴八首 ◇◇

此诗八首凡十六解。才真是才，法真是法，哭真是哭，笑真是笑。道他是连，却每首断；道他是断，却每首连。倒置一首不得，增减一首不得，固已。然总以第一首为提纲。盖先生尔时所处，实实是夔府西阁之秋，因秋而起兴。下七篇话头，一一从此生出，如裘之有领，如花之有蒂，如十万师之号令，出于中权也。此岂律家之能事已耶？○尝读《庄子》内篇七，以三字标题。及观题字之次第，必以《逍遥游》为首。何以故？游是圣人极则字。逍有逍之义，遥有遥之义，于游而极。《鲁论》“游于艺”是也。余尝为之说曰：人不尽心竭力一番，做不成圣人，故有“志”“据”字。人不镜花水月一样，赶不及天地，故有“依”“游”字。若《齐物论》至《应帝王》，皆从极则字渐次说下来，与首篇不同。如齐而后物，物而后论，至于论，则是非可否，纷然不齐矣。应帝王之“应”，即《法华》“三十二应”“应”字，如先师“老安少怀”是也。帝之谛当，王之归往，抑末矣。故曰皇有气而无理，帝有理而无情，王有情而无事。其事则齐桓、晋文，此之谓糟粕而已。举此二篇，可概余四。况《南华》见道之书，极重“南”“北”字，首篇从“北溟”说到南，次则直提“南”字，其义了然，岂得混首篇于下六篇耶？大抵圣贤立言有体，起有起法，承有承法，转合有转合之法。大篇如是，小篇亦复如是。非如后世涂抹小生，视为偶然而已。吾不信天下事，有此偶然又偶然也。○分明八首诗，直可作一首诗读。盖其前一首结句，与后一首起句相通。后来董解元《西厢》，善用此法。○瞿斋云：唱经批《秋兴》诗，只存五首，中多脱落处，酌取而庵说补之。而庵，唱经畏友也。

玉露凋伤枫树林，巫山巫峡气萧森。
江间波浪兼天涌，塞上风云接地阴。

前解从秋显出境来，后解从境转出人来，此所谓“秋兴”也。○“露凋伤”“气萧森”六字，写秋意满纸。秋者揫也，言天地之气，正当揫敛之时也。故怨女怀春，志士悲秋，皆因气之感而然。时先生流寓夔州西阁。夔州，旧楚地，最多枫树。巫山在夔州，有十二峰，巫峡为三峡之一。白帝城在夔州之东，公孙述于此僭号者。先生虽心在京华而身寓夔州，故即景起兴，不及他处。后来无数笔墨，一起一伏，若断若连，从夔州望京华，以至京华之同学，京华之盛衰，如曲江，如昆明池，如昆吾、御宿、渼陂，凡为京华所有者，感兴非一，总不出尔日夔府之秋。故下七首诗，实以此首为提纲也。“江间”承“巫峡”，“塞上”承“巫山”。“波浪兼天涌”者，自下而上一片秋也。“风云接地阴”者，自上而下一片秋也。

丛菊两开他日泪，孤舟一系故园心。
寒衣处处催刀尺，白帝城高急暮砧。

先生寓夔，已两次见菊。故曰“丛菊两开”。“泪”言他日不言今日者，目前倒也相忘，他日痛定思痛，则此丛菊亦堪下泪也。此身莫定，不系在一处，故曰“孤舟一系”。身虽系此而心不系此者，故园刻刻在念。有日兵戈休息，去此孤舟，始得遂心也。呜呼，岂易言哉！因用“丛菊”“故园”，转到寒衣上去。意谓我今客中，百事且暂放下，时方高秋，江山早寒，身上那可无衣？听此砧声，百端交集，我独何为系于此也？

盖老年作客之人，衣食最为苦事，无食则橡栗尚可充饥，无衣则草叶岂能御寒哉？“催刀尺”“催”字，“急暮砧”“急”字，甚是不堪。乃从先生见闻中写出二字来，更觉不堪也！

其二

夔府孤城落日斜，每依南斗望京华。
听猿实下三声泪，奉使虚随八月槎。

第一首悲身之在客，此首方及客中度日也。前以“暮”字结，此以“落日”起。唐人诗，每用“秋”字，必以“暮”字对，秋乃岁之暮，暮乃日之秋也，都作伤心字用。此“落日斜”，却装在“孤城”下，尤为惨极。宛然见先生独立孤城中，又在孤城夕阳中也。前首明说夔州流寓，却不出“夔府”字。此特揭“夔府”以冠之者，正明身在夔府，心在京华。从此至末，一气贯下也。长安名北斗城，夔府在南，故依南斗以望之。此云“望京华”，末云“白头吟望”，以“望”字起，以“望”字结，乃七首自为章法。三四，承“望京华”来。楚地多猿，蜀山向晚，猿声不住，猿三声，泪三下。此是身历苦境，故下一“实”字。前首泪在“他日”，此首泪在今日也。传称汉张骞使大夏，寻河源，八月乘槎到天河，经年而返，问严君平始知。君平蜀人，故用此入诗。乘槎尚有还期，此生杳无归日，此是心作虚想，故下一“虚”字。盖为严武再镇蜀，辟先生为参谋，而先生留蜀。一年武卒，而先生仍寓蜀也。三，应云“听猿三声实下泪”，今云然者，句法倒装，与第七首三、四一样奇妙。

画省香炉违伏枕，山城粉堞隐悲笳。
请看石上藤萝月，已映洲前芦荻花。

省中以粉画壁，曰“画省”。《汉官仪》云：尚书郎入直，给侍史二人，执香炉以从。先生尝为尚书员外郎，故云“画省香炉”。“悲笳”者，笳叶卷而成声，边人以司昏晓者也。五六，转到望京华不已，月上而犹未睡，以足前解之意。言昔在省中，侍史焚香而寝，今身在西阁，则相违矣。况山城落日，笳声在粉堞之外，何其凄惨。“隐”者，痛也。当此之时，岂复放脚熟眠之时耶？先生只顾在那里望，绝不思睡。夫“违伏枕”，不欲睡也；“隐悲笳”，即睡亦不合眼也。俄然而“落日斜”，俄然又“月上”矣。“请看”二字妙，意不在月也。“已”字妙，月上山头，已穿过藤萝照此洲前久矣，我适才得见也。先生惟有望京华过日子，见此月色，方知又是一日了也！

其三

千家山郭静朝晖，日日江楼坐翠微。
信宿渔人还泛泛，清秋燕子故飞飞。

此夜已过，又是明日。“山郭”，言其僻也。“千家”，言其小也。“静朝晖”，言其冷寂也。“日日”，言每日朝晖时也。“翠微”，山之浮气。当朝晖时而浮气未净，或者是江楼之偶然，乃一日坐之如是，日日坐之亦如是，虽有朝晖，不敌浮气，先生其且奈之何哉？此处翠微，不作佳字用，承以“渔人”“燕子”，即坐中所见，皆先生自况也。一夜曰宿，再宿曰信。渔人信宿，故可以息矣。“还泛泛”，是喻己之忧劳而无着落也。八月燕子将去，则竟去可矣。“故飞飞”，是喻己羁绊而不得脱然也。○一本“日日江楼”作“百处江楼”。而庵说之曰：“百处坐，非郭中有百处楼子，一一坐遍。是一座楼子百处坐也。心头有事人，东坐不是，西坐不是，前坐不是，后坐不是，坐一处不是，坐两处不是，坐不是，不坐不是，越坐越不是：此所以有‘百处坐’也。”妙甚！

匡衡抗疏功名薄，刘向传经心事违。
同学少年多不贱，五陵裘马自轻肥。

言我若不坐江楼，而抗言政治之得失，何减匡衡？而遭际不如，功名安在，故曰“薄”。是则出不成出矣。我若不坐江楼，而讲论五经于石渠，亦何减刘向？而用世心切，伏处奚堪，故曰“违”。是又处不成处矣。“功名薄”“心事违”，皆先生自谓，非谓匡衡、刘向也。末转到同学富贵上去，此非轻薄少年，亦非艳羡裘马也。若谓昔在太平之时，同学少年，致身青云，无一贫贱者，终日鲜衣怒马以为得志，孰意有今日之乱？昔日少年，今应白首。昔日富贵，今应困穷。我既如是，同学皆然，安得常如昔日轻衣肥马，在京师相驰骋哉？少壮无所建立，出处皆困，匡衡抗疏，刘向传经，总付之浩叹而已矣。

其四

闻道长安似弈棋，百年世事不胜悲。
王侯第宅皆新主，文武衣冠异昔时。

前首结"五陵裘马"，故此以长安起。"闻道"者，一则不忍言亲见，故托之耳闻；一则去国已远，不忍实说也。"长安似弈棋"，指明皇幸蜀以后而言。"百年世事"，由今大历纪年逆追至神尧有天下之初而言。"不胜悲"者，悲国政也。而曰"世事"者，盖微辞也。百年世事，固不胜悲，然先生之悲，至此日长安而极。故承之以三四，但言"第宅"，言"衣冠"，此所谓"世事"也。

直北关山金鼓振，征西车马羽书迟。
鱼龙寂寞秋江冷，故国平居有所思。

"直北"，指陇右、关辅一路，为有河北群盗及回纥也。"金鼓振"，言寇警甚急。"西"指吐蕃之乱。"羽书"，插羽丁书，取其速也。"羽书迟"，言捷报甚迟。如此寇盗旁午，师行未克，不知王侯第宅、文武衣冠若何底止？正志士枕戈泣血灭此朝食之时，而乃去故国，窜他乡，对此秋江，曷胜寂寞！曷胜怅恨！此所以寄兴鱼龙而曰"有所思"者，正思此身为朝廷用也。郦道元《水经注》：鱼龙以秋日为夜。鱼龙极动之物，却如此寂寞者，盖处非其时也。"故国"，犹言故乡。"平居"，是在故国之平日。见朝廷北讨西征，便思戮力效忠久矣，不待今日也。此一首望京华而叹其衰。

其五

蓬莱宫阙对南山，承露金茎霄汉间。
西望瑶池降王母，东来紫气满函关。

因提故国平居，忽想到长安全盛之日，我岂不见之耶？前一首是峡中传闻，此一首是平居亲见也。长安宫阙甚多，独言蓬莱者，先生曾于蓬莱宫献《三大礼赋》，明皇奇之，故即用以起兴也。蓬莱宫，贞观间营，前对终南山。每天晴日朗，望终南如指掌。“承露金茎”，汉武之所设。汉武好神仙，造通天台，以金盘承云表之露，和玉屑服之，以求长生。此诗起句以蓬莱宫阙起，蓬莱，仙山；终南，仙窟；承露金茎，乃求仙之物。取景设色，都在神仙一边。三四遂承以“瑶池”“紫气”云云，写来极是凑手。亦见当日天子太平在御，不但宫阙壮丽，亦颇留意神仙之事，有如汉武也。

云移雉尾开宫扇，日绕龙鳞识圣颜。
一卧沧江惊岁晚，几回青琐点朝班。

读结句“青琐朝班”字，乃知五六从蓬莱献赋转到拜左拾遗，笔墨无痕。先生先自蓬莱献赋时，方识得宫殿亲切。后自拜左拾遗时，方识得圣颜亲切也。天子临朝，御座左右，雉翣双开，若云之移。天子衮衣，上绣龙鳞，早旭照之，则光耀日。此乃亲觐天子而后见之，亦不必拟定在蓬莱宫。先生尔时，身列侍从之班，固于处处得见也。“沧江”，巫峡也。公始寓夔，故云“一卧”也。秋，岁晚也。“惊”，公献赋时，年四十；为左拾遗，年四十六；是岁代宗大历元年在夔，年五十有五，年老岁晚，故心惊也。“班”在青琐之下，先生刻刻系心朝廷，虽卧沧江，恍然若点朝班者。“几回”，是每每如此，不止一回也。此一首望京华而追其盛。

其六

瞿唐峡口曲江头，万里风烟接素秋。
花萼夹城通御气，芙蓉小苑入边愁。

前首结云“一卧沧江”“几回青琐”，则瞿唐与曲江固未隔也。明皇自秦幸蜀，中原板荡，故有“瞿唐曲江”“万里风烟”之句。瞿唐为三峡门户，最险。人到此者，但睁开两目，心数都绝，故从二目，从隹。隹者，短后鸟，喻后心不行也。唐者，唐丧。《内典》云：“福不唐捐。”睁目看去，几乎丧身失命也。以是峡险极，故名。曲江池，唐开元中疏凿，号为胜境。都人游赏，盛于中和、上巳节。“万里”，不必指定瞿唐、曲江遥遥万里。前者幅员全盛之日，控制何啻万里；今者寇盗纵横之日，一片都是风烟，故曰“万里风烟”。而瞿唐口、曲江头，正接于素秋风烟中矣。三四，总承曲江来。“花萼夹城”者，明皇性极友爱，即位后，以隆庆旧邸为兴庆宫，五王赐第宫侧。又于宫西置楼，署曰“花萼相辉”之楼。开元二十年，广花萼楼，筑夹城，至芙蓉园。园与曲江相接。名“芙蓉”者，以其水盛而芙蓉富也。天子时幸芙蓉园，必从花萼楼夹城通去，故曰“通御气”。御气，天子之气也。御气无处不通，而花萼夹城，毕竟是明皇友爱之所，故时幸曲江游乐，未为大过。芙蓉小苑，毕竟是明皇游幸之地，故同此曲江游乐，已入边愁。边愁不从花萼夹城入，偏从芙蓉小苑入，先生立言之旨，盖不苟也。又“边愁”，不但禄山陷京，既就明皇幸蜀；而先生因此徙倚素秋，怅望于瞿唐峡口，岂非边愁乎？故知“入边愁”三字，隐已承瞿唐峡口，益见先生律法之细。

珠帘绣柱围黄鹄，锦缆牙樯起白鸥。
回首可怜歌舞地，秦中自古帝王州。

当日曲江之游，天子方以为通御气，而不觉已入边愁者，岂非歌舞极盛之所致耶？五六二语，只为转出“歌舞”字来。《西京杂记》：昭阳殿织珠为帘，绣帷为柱，通绣作黄鹄文。“锦缆牙樯”，江中御舟极其华丽，故能惊起白鸥也。形容歌舞地如此，则歌舞不言可知。然才说“可怜歌舞”，忽转出“自古帝王”，言秦中毕竟是帝王州，煌煌天朝，岂盗贼可得而觊觎者哉！

其七

昆明池水汉时功，武帝旌旗在眼中。
织女机丝虚夜月，石鲸鳞甲动秋风。

此因曲江而更及昆明池也，最为奇作。前诸作皆乱后追想，此作特于事前预虑。千年来，人只当平常读去，辜负先生苦心久矣，可叹也！昆明池，在长安城西南，周围四十里。汉武元狩年间，凿之以习水战者。东西岸立石，刻牵牛、织女以象天河。又刻石为鲸鱼，长三丈。武帝治楼船，加旌旗其上，往来习战，将以伐昆明也。因昆明有滇池，故凿池以象之。夫穷兵非美事，乃极称颂之曰“汉时功”，盖谓有此池水，在今日尚可习水师以防御东南之变，岂非功乎？次句正言其习水师也。“织女”“石鲸”，承“昆明池”。“机丝”“鳞甲”，承“旌旗”。“织女机丝”，喻言防微杜渐之思不可不密。“石鲸鳞甲”，喻言强梁好逞之徒蠢蠢欲动。今日西北，或可支吾。万一东南江湖之间变起不测，则天下事不可为矣！故先生预设此一着，以讽执政也。言若不早为之图，是犹织女停梭虚此夜月，则石鲸乘势已动秋风，可奈何？今昆明池在眼中，何武帝旌旗无有为之仿佛者耶？

波漂菰米沉云黑，露冷莲房坠粉红。
关塞极天惟鸟道，江湖满地一渔翁。

上解已毕，忽换笔作转。五六二句，不从昆明池来，盖为下解“江湖满地一渔翁”作转也。若谓昆明且置，吾今身在峡中，日与水相习，当此秋深之际，菰米波漂，莲房粉坠，一时衰飒如此，则江湖之上，实切隐忧。况时方战伐，蜀山鸟道，为关塞之至险，乃自上皇回銮以后，僭乱相仍，极天之险，竟无足恃。顾此江湖，滔滔皆是，将何底止耶？然而抱江湖之忧者，只一个渔翁，虽忧亦安所用之？其必在当事虑患于未然哉！“渔翁”，盖先生自谓也。

其八

昆吾御宿自逶迤，紫阁峰阴入渼陂。
红豆啄余鹦鹉粒，碧梧栖老凤凰枝。

末一首，乃其眷恋京华之至也。前解极言长安风土之乐。昆吾，地名，有亭。御宿，川名，有苑。汉武帝宿于此，故曰御宿。渼陂，鱼甚美，因以为名，在紫阁峰之阴。游渼陂者，必从昆吾、御宿经过，“紫阁峰阴”，因渼陂而及之也。先生年老，浪迹夔州，意在归隐。因昔尝同岑参兄弟游渼陂，经昆吾、御宿，喜其风土之良，故切切念之，特挂笔端耳。三四句法奇甚。畜鹦鹉者，必以红豆饲之，先生自喻不苟食也。啄之而有余，此真丰衣足食之所矣。黄帝即位，凤集东囿，栖梧树，终身不去，先生自喻不苟栖也。栖之而至老，此又安居乐业之乡矣。可见长安盛时，且不必说到天子公侯极意游玩，乃至布衣穷居，尽足自适有如此也。

佳人拾翠春相问，仙侣同舟晚更移。
彩笔昔曾干气象，白头吟望苦低垂。

后解从上转下，转到今日大历元年丙午秋作此《秋兴》诗。以结出吟望之苦也。言当日昆吾、御宿、渼陂之间，陆有为陆，水有为水。“佳人拾翠”则于陆，“仙侣同舟”则于水，亦既穷极水陆之兴矣。佳人与美人、丽人不同，从上至下，从下至上，节节看去，无有不佳，曰佳人。巧笑美目，胡天胡帝，曰美人。彼此争妍，相去不远，曰丽人。“仙侣”，如李、郭同载，望若神仙是也。“春相问”“晚更移”，着一“春”字、“晚”字，乃反击“秋”字。“相问”“更移”，乃暗提“兴”字。五六二句，正欲转到今日作《秋兴》诗也。“彩笔昔曾干气象”，先生曾于蓬莱宫献三赋，干动龙颜。虽实有此事，然此处提出，非自夸张，不过借作转语，以反衬出“白头吟望”七字来。言此天涯穷老，望京华如在天上。既不见有拾翠之人，亦复无有同舟之侣。白头沦落，侘傺无聊，徒屈从前干气象之笔，以作此苦杀皇天之诗，即何能禁泪之淫淫下哉？“吟”，吟《秋兴》。“望”，望京华。一头吟，一头望；一头望，又一头吟。于是头低膝，泪垂至颐，其苦有不可胜言者。○而庵诗曰：“好个好丞相，清霜两鬓寒。头垂扶不起，老眼泪难干。”○矍斋云：近又于同学案头，见唱经批《秋兴》诗数语，与此少异，而意实相发，附识于此。其首章云：“寒衣处处催刀尺”，“处处”字悲极。口中言“处处”，意在家中一处也。“处处”实而虚，家中一处虚而实。此犹家也，以后则皆君国矣。其次章云：斜日落已晏，“落日斜”尚早。至月映洲前则夜半矣。“虚随八月槎”，言朝中相援无人也。其三章云：同学不必少年，亦不必扬扬裘马。玩“多不贱”“多”字，“自轻肥”“自”字，盖言知吾才而不与吾立，暗用“臧文仲窃位”句意讥之耳。余已见解中。

秋兴八首（别批）

兴之为言兴也。美女当春而思浓，志士对秋而情至。凡山川林峦、风烟云露、草色花香，目之所睇，耳之所闻，何者不与寸心相为蕴结？其勃然触发，有自然矣。乃先生以忠挚之怀，当飘零之日，复以流寓之身，经此摇落之时。其为兴也，真兴尽之至心灰意灭，更无纤毫之兴而有此八首者也。后人拟作者，或至汗牛充栋，亦尝试于先生制题之妙一寻绎乎？○题是《秋兴》，诗却是无兴；作诗者满肚皮无兴，而又偏要作《秋兴》。故不特诗是的的妙诗，而题亦是的的妙题；不特题是的的妙题，而先生的的妙人也。○从来诗是几首，多一首不得，少一首不得。如此诗是八首，则七首不得，亦九首不得。某既言之屡矣，而或未能深信。试看此诗第一首纯是写秋，第八首纯是写兴，便知其八首是一首也。

玉露凋伤枫树林，巫山巫峡气萧森。
江间波浪兼天涌，塞上风云接地阴。

露也而曰“玉露”，树林也而曰“枫树林”，只一“凋伤”之境，而白便写得白之至，红便写得红之至，此秋之所以有兴也。却接手下一“巫山巫峡”字，便觉萧森之气索然都尽。而“波浪”“风云”二句，则紧承“巫山巫峡”来。若谓玉树斯零，枫林叶映，虽志士之所增悲，亦幽人之所寄抱。奈何流滞巫山巫峡，而举目江间，但涌兼天之波浪；凝眸塞上，惟阴接地之风云。真为可痛可悲，使人心尽气绝。此一解总贯八首，直接“佳人拾翠”末一解，而叹息“白头吟望苦低垂”也。

丛菊两开他日泪，孤舟一系故园心。
寒衣处处催刀尺，白帝城高急暮砧。

不知者谓“两开”者是“丛菊”，岂知“两开”者皆“他日泪”乎？不知者谓“孤舟”何必“一系”，岂知“一系”者惟此“故园心”乎？“泪”字上下一“他日”字，妙绝！惟身处其境者知之。七言“处处”，正是先生系心一处。白帝城在夔府之东，言近以指远也。肚里想着家中刀尺，而耳中只闻白帝砧声，远客之苦，为之凄绝。砧声也而下一“城高”字，见得耳为遥听，眼为悬望，远客之苦，为之凄绝。○三四承一二，五六转出七八，知余分解之言非谬。

其二

夔府孤城落日斜，每依南斗望京华。
听猿实下三声泪，奉使虚随八月槎。

言斜日落，则已是晏；“落日斜”，则尚早。紧接一“每”字，则知当此落日斜光，一年三百六十度，忽忽孤城，悬悬远望。“南斗”字，从“望”字上用来。盖大火西流，斗行南陆，举目即见，故曰“依”也。三承一句，四承二句，犹言夔孤城，听猿下泪是实；而南斗京华，乘槎可到是虚。真教人无可奈何此“落日斜”也。

画省香炉违伏枕，山城粉堞隐悲笳。
请看石上藤萝月，已映洲前芦荻花。

不云“违画省香炉”而伏枕，乃云“画省香炉违”于伏枕，得诗人忠厚笃棐立言之体。“山城粉堞”隐于悲笳，尤妙！前犹日落，此则竟晚，眼看山城粉堞渐隐不见也。乃因日暮，笳作笳动，“堞隐”，一似隐于悲笳也者。身处客境，满肚无聊，只三字写出。“请看石上”，是月之初出，上照藤萝。“已映洲前”，是月之渐升，下照芦荻。自日斜底于堞隐，世人匆匆，轻易忽过者何限？若石上之月，则明明上照藤萝，何至遽映洲前，已移芦荻？胸前有无数忠君眷国心肠人，真是刻不能耐耳！有人解做月在石上，光映洲前，乃至作画者惯图此景。真是将神龙作泥鳝弄也，可为古人常叹！○三四承一二，七八合到五六，足证分解非谬。

其三

千家山郭静朝晖，日日江楼坐翠微。

信宿渔人还泛泛，清秋燕子故飞飞。

“千家山郭”下加一“静”字，又加一“朝晖”字，写得何等有趣，何等可爱。“江楼坐翠微”，亦是绝妙好致。但轻轻只用得“日日”二字，便不但使江楼翠微生憎可厌，而山郭朝晖俱触目恼人。三四再承两句，不嫌自己日日坐江楼，却嫌渔人之信宿；不怪自己日日到翠微，却怪燕子之飞飞。真为绝妙之笔也！

匡衡抗疏功名薄，刘向传经心事违。
同学少年多不贱，五陵裘马自轻肥。

下解。因日日之坐，不厌其烦，因而自思：欲如匡衡之抗疏，既愧功名之薄；欲如刘向之传经，又嫌心事之违。辗转反侧，因而想到少年同学，原俱不贱，但只五陵裘马，自炫轻肥。明知我之心事，而不与我以功名，以致见笑渔人，贻讥燕子耳！○分解甚明。

其四

闻道长安似弈棋，百年世事不胜悲。
王侯第宅皆新主，文武衣冠异昔时。

“闻道”妙，不忍直言之也，亦不敢遽信之也，二字贯全解。世事可悲，加“百年”二字妙。正见先生满肚真才实学，非腐儒呴吁腹诽迂论。盖世事因循至于今日，非一朝一夕之故，其驯而致于此者有渐矣。且世事既因循至于今日，亦非一朝一夕可以遂致太平。将来正费周折，故曰“百年”。三四，紧承世事之堪悲，然而正不必为目前第宅之新、衣冠之异而致诧也。○读先生诗，真如闻无上甚深经典，使小儒意见都尽。

直北关山金鼓振，征西车马羽书迟。
鱼龙寂寞秋江冷，故国平居有所思。

上解是传闻，尚在半信半疑。若此直北金鼓，亲闻其振；征西羽书，目睹其迟，则为更不可解也。因而自审，为鱼为龙，虽不能自决，然目前惟有寂寞秋江而已。冷既彻骨，意望何为，惟有故国平居，实不能自已其思云尔！○“迟”字上用“羽书”字，妙。“羽书”最急，而复迟迟，想见当时世事。○“故国”字下用“平居”字妙。我自思我之平居尔，岂敢于故国有所怨讪哉？○分解无疑。

其五

蓬莱宫阙对南山，承露金茎霄汉间。
西望瑶池降王母，东来紫气满函关。

因故国之思而想至百年之事，盖当日亦不可谓非全盛也。“对南山”，言宫阙之壮丽。“霄汉间”，言金茎之高峻。用“蓬莱”“承露”字，见晏安日久，惟愿长生，唐明、汉武，有同一辙。乃日望王母之降瑶池，岂知皇舆之幸巴蜀；日望紫气之满函关，岂知两京之化灰烬！真有所谓不胜悲者，思之可为流涕也！只因沓用“瑶池”“紫气”等字，遂将后人瞒过多少。

云移雉尾开宫扇，日绕龙鳞识圣颜。
一卧沧江惊岁晚，几回青琐点朝班。

当此之时，先生目击时艰，何以略无谏议，而坐视其败？呜呼，兴言及此，为之浩叹！盖先生虽为右卫参军，而其层级而上，则有等矣。皇皇殿陛，可以次其列，不得升其阶，况雉扇环遮，亲臣密侍，岂得一望见天颜者耶？只因云移雉尾而暂开宫扇，稍露日色，光耀龙衮，因而一识圣颜耳。从此遂卧沧江，失惊岁晚，朝班预点，曾有几回？用是忧劳，臭能自慰，长歌当哭，神伤心怆矣！○从“云移”“移”字中，露出日光，日映龙鳞，方识此是圣人。虽云“识圣颜”，却只遥遥摹拟，瞥见而已，真是化工之笔。○“点”字妙，先生此时之在朝班，只如密雨中之一点耳，虽欲谏议，亦复何从？

其六

瞿唐峡口曲江头，万里风烟接素秋。

花萼夹城通御气，芙蓉小苑入边愁。

身处万里之外，心注万里之间，便定然有此等想头。瞿唐之与曲江，则有间矣，然其相去万里，里里风烟相接，则素秋之相接可知。乃同此秋光而秦、蜀风景迥异，则岂非以其以渐递改，当之者溺玩而弗辨乎？此不特地界相接有然，即世运递更亦无不然。三四紧承：明皇当日敦尚友悌，御气与花萼交辉；晚岁偶渔声色，边愁与芙蓉并惨。当一王之朝，而前后异政，国步遂移。倘辨之早辨，几何而至如此之剧也！○“御气”用一“通”字，何等融和。“边愁”用一“入”字，出人意外。先生字法不尚纤巧，而耀人心目如此。

珠帘绣柱围黄鹄，锦缆牙樯起白鸥。
回首可怜歌舞地，秦中自古帝王州。

珠帘绣柱，锦缆牙樯，总极豪华。“黄鹄”，即珠绣所织之文，用以衬起“白鸥”字。白鸥者，野鸟也，锦缆牙樯之下，胡为乎起哉？则其非以其全盛之日，但知珠围绣绕，以致绝汉南巡，黄鹄难寻，白鸥群起，真为可叹也！○“白鸥”上用“锦缆牙樯”字，一图映照反射作色，一见明皇虽遭颠沛，尚不知自检也。○同一秦中也，而谓之“歌舞地”，又谓之“帝王州”，使人毛发跼蹐，遍身不怿。当此而不斩然思奋者，殆非人君矣！○“回首”字合“起白鸥”句。“可怜歌舞地”合“珠帘绣柱”句。“秦中自古帝王州”则总合上六首、下二首，为八首十六解束腰法，又分解之一法也。

其七

昆明池水汉时功，武帝旌旗在眼中。
织女机丝虚夜月，石鲸鳞甲动秋风。

汉武穷奢极欲，贻讥后史，然而武威远震，炳焕千秋。不得已而思其次，则德盛唐虞所不可望，而功高汉代犹可比隆。奈何池水徒深，旌旗空耀，歌舞为欢，有同飞燕，旗常着绩，竟乏骠姚也耶！“在眼中”妙，汉武武功，固灿然耳目，百代一日者也。三四即承上昆明池景，而寓言所以不能比汉之意。织女机丝既虚，则杼柚已空；石鲸鳞甲方动，则强梁日炽。觉夜月空悬，秋风可畏，真是画影描风好手，不肯作唐突语硼磕时事也。

波飘菰米沉云黑，露冷莲房坠粉红。
关塞极天惟鸟道，江湖满地一渔翁。

五六转到黎民阻饥，马嵬亦败，亦以不忍斥言，故为隐语。犹言菰米为波所飘，而遂沉云之黑，固所料也，亦所甘也。讵意莲房红粉，亦遽坠于冷露，岂所料哉？尚忍言哉！目今关塞极天，往来闭塞，可通惟有鸟道。江湖满地，涣然瓦解，系心只一渔翁。纵有嘉谋，又将焉展也哉？

其八

昆吾御宿自逶迤，紫阁峰阴入渼陂。
红豆啄余鹦鹉粒，碧梧栖老凤凰枝。

此解与“玉露凋伤枫树林”句命意相同，盖极写秋之可兴也。渼陂之旁，则有紫阁峰。紫阁峰之前，则有昆吾、御宿逶迤之径。值此白露既零，枫叶鲜妍之际，自昆吾、御宿，逶迤而前，漾然渼陂，峰阴澄洁，诚有令人不知兴之何自起者！况鹦鹉啄余，当此衣食丰盈之盛；凤凰栖老，又承奠安可久之基。其足之蹈、手之舞，又宁有涯量哉！

佳人拾翠春相问，仙侣同舟晚更移。
彩笔昔曾干气象，白头吟望苦低垂。

五言佳人则拾翠寻芳，女子尚有同情。六言晚移则仙侣相从，入夜还须秉烛。挥毫落纸，笔走云烟，矢口成章，上干气象，所固宜也。却悄悄下一“昔”字，便令两解七句都成鬼哭，直逼出“白头吟望苦低垂”七字来，总结如上八首十六解六十三句四百四十一字。手舞足蹈了半日，却是瓦解冰消，烟尽灰烬，更无处可出鼻孔息也！○“白头”已是伤心，白头而“低垂”更伤心。以白头而“吟”、而“望”、而“苦”、而到底“低垂”，此伤心之所以彻骨也！○八首十六解诗，皆从“吟望苦”三字中吟出来、望出来、苦出来。若其“低垂”，则未作此诗之前，固如此低垂；既作此诗之后，到底亦只如此低垂也。○试看八首诗，是一首，还是八首？增得一首否？减得一首否？增得一句、减得一句否？试看八首诗，是分解的，还是不分的？是圣叹勉强穿凿否？锦心绣口才子，当共证之。

诗本以八句为律，圣叹何得强为之分解？须知圣叹不是好肉生疮，正是对病发药。唐制八句，原只二句起，二句承，二句转，二句合，为一定之律。徒以前后二联可以不拘，而中四句必以属对工致为选。因而后人互相沿习，徒竞纤巧，无关义旨。至近代作诗，竟以中四句为身，而头上倒装两句为起，尾上再添两句为结。夫人莫不幼而闻，长而以为固然。自提笔摇头，初学吟哦，以及倨坐捻髭，自雄诗伯，无不以为此断断不易之体。抑岂知三四之专承一二，而一二用意高拔，比三四较严；五六转出七八，而七八含蓄渊深，比五六更切。宁可以起结二字抹却古人无数心血耶？圣叹所以不辞饶舌，特为分解。罪我者谓本是一诗，如何分为二解？知我者谓圣叹之分解，解分而诗合。世人之溷解，解合而诗分。解分前后，而一气混行；诗分起结，而臃肿累赘。盖有不得不蒙讥力诤者！千载而下，或能见谅也。附识于此。

咏怀古迹五首止三首

咏明妃，为千古负才不偶者十分痛惜！

咏明妃

群山万壑赴荆门，生长明妃尚有村。
一去紫台连朔漠，独留青冢向黄昏。

前解。欲说荆门有明妃村，先着“群山万壑”句，用形家寻龙问穴之法，大奇！盖耸起则为山，跌下则为壑，耸起则又为山，无量劫来，天地如此其浩浩也。于其间有楚，楚山楚水，起伏无数，遥遥直走千里万里，而后有荆门，而后荆门有村，而后村中有明妃。然则此明妃其为天地间气特钟可知。今明妃往矣，村则尚有。“尚有村”者，言但有村而已矣。三四承上“村”字，言明妃当日虽生长此村，而后不复为村有者，为入汉宫也。乃至明妃既入汉宫，并不复为汉宫有者，则为去紫台也。夫明妃而去紫台，明妃之踪迹尚可问也。明妃去紫台，遂连朔漠，明妃之踪迹则不可问也。呜呼！其骨既朽，其冢犹青。绝代佳人，湮没于此。视当年生长之难，辜负多少！我虽不目睹青冢，其恶能不徘徊此村而不去哉？

画图省识春风面，环佩空归月夜魂。
千载琵琶作胡语，分明怨恨曲中论。

后解。从上转下，转出从来弃才之主一面照胆镜来。真才贵于确知确见，原无按图索骏之事。况元帝以汉天子择美妇人，则后庭春风之面，何难一一尽见、一一尽识？而顾凭贱工之手以为进退，可鄙也！探帝之意，不过为后宫充斥，欲尽识其面，其数何啻千万？姑且按图召幸，贪一时省事而已。因此一省之故，乃至奸生房闼而帝弗疑，迹混丹青而帝弗顾。美如明妃，抱恨绝域，虽以天子之势，欲再识春风之面，即亦岂能归其环佩哉？故云“空归月夜魂”也。不但生不能归，试听其琵琶怨恨之曲，分明甘作胡语，虽千载而下永不愿为汉妇矣！岂非当日不识面之故致然与？“省”作省事之省。若作实字解，何能与“空归”对耶？此不可不辨。〇矍斋云：杜诗用字有难读者，宜留心读。如此处“省识”“省”字，《题张氏隐居》“远害”“害”字之类是也。

咏蜀先主

蜀主窥吴幸三峡，崩年亦在永安宫。
翠华想像空山外，玉殿虚无野寺中。

前解。首句如疾雷破山，何等声势！次句如落日掩照，何等苍凉！三，虚想当年。四，实笑今日也。“山外”安觅翠华？意中却有。寺中旧为玉殿，目下却无。是无是有，是有是无，一语闪烁不定。“翠华”“玉殿”，又极声势；“空山”“野寺”，又极苍凉。只一句中，上下忽变，真是异样笔墨。

古庙杉松巢水鹤，岁时伏腊走村翁。

武侯祠屋常邻近，一体君臣祭祀同。

后解。翠华玉殿，既不可见，所见唯古庙存焉。而昭烈故天子也，以天子而有庙，必也玄堂太室，所谓振鹭来宾，和鸾至止者也，而今乃“巢水鹤”耳！以天子庙而有祭，必也八佾、九献，所谓群公执爵，髦士奉璋者也，而今乃“走村翁”耳！“祠屋近”，是一样水鹤、杉松；“祭祀同”，是一样村翁、伏腊。非幸其君臣一体，正伤其君臣无别也。〇矍斋云：少陵为依严武而入蜀，蜀主为伐孙权而窥吴。后人所经，前人亦经焉。后人所止，前人亦止焉。后人吊前人，后人复吊后人。不独玉殿翠华，徒劳想像，抑且空山野寺，亦属虚无。蜀主与武侯同尽，千载莫辨君臣。村翁与水鹤俱闲，一时何分人物？昔年白帝托孤，已作英雄往事；今日蜀中怀古，岂非文士空花。先生此诗，得禅理矣！

咏诸葛孔明

诸葛大名垂宇宙，宗臣遗像肃清高。
三分割据纡筹策，万古云霄一羽毛。

前解。史迁疑子房以为魁梧奇伟，而状貌乃如妇人好女一语，正与此一二语相似。向闻其名，但震其大。今睹其像，又叹其清高。“清高”从遗像写出，加一“肃”字，又有气定神闲，不动声色之意。“三分割据”，英才辈出，持筹挟策，比肩皆是，如孔明者，万古一人。三是泛指众人，四是独指诸葛也。鸿渐于逵，其羽可用为仪。凤翱翔于千仞兮，揽德辉而下之。“羽毛”状其“清”，“云霄”状其“高”也。

伯仲之间见伊吕，指麾若定失萧曹。
运移汉祚终难复，志决身歼军务劳。

后解。“万古”，罕有其匹矣。古人中可与伯仲者，其伊、吕乎？若萧、曹辈，不足数耳！然耕莘钓渭与伊、吕同其清高，而荡秦灭楚不得与萧、曹同其功烈，何耶？此由汉祚之已改，非军务之或疏也。运虽移而志则决。“身”即所云“鞠躬”，“劳”即所云“尽瘁”，“歼”即所云“死而后已”，“终难复”，即所云“成败利钝，非臣逆睹”也。“终”字妙，包得前后拜表、六出祁山，无数心力在内。前解，慕其大名不朽。后解，惜其大功不成。慕是十分慕，惜是十分惜。

雷

（巫峡中宵动）

古“雷”字，下从“回”，天地之气，回薄转来，谓之“雷”。雷时时有，而发声则于蛰后。天地之气，那一刻不回薄？所谓隐隐隆隆者是也。先生此诗，正是乱极思治之语。

巫峡中宵动，沧江十月雷。
龙蛇不成蛰，天地划争回。

上解写变起不意，下解写不过如此。不必指天宝禄山事，而读之，令人不免想着。一二，出于猝然；三四，一至此极。五六，不解来意；七八，原来为此。虽欲不谓之天宝禄山事，岂可得哉！○“龙蛇不蛰”，承“十月”字。“天地争回”，承“雷”字。易知。

却碾空山过，深蟠绝壁来。
何须妒云雨，霹雳楚王台。

“却碾空山过”，此是何意？“深蟠绝壁来”，此是何意？既而单为霹雳楚台，夫而后知只为妒云雨也！“霹雳”者，劈然而起，所历之物，无不粉碎。二字不平。

鸥

先生为莘野、隆中作此传神之笔。

江浦寒鸥戏，无他亦自饶。
却思翻玉羽，随意点春苗。

此诗可谓清绝之作。鸥何能戏？只是天机偶然飞动耳，故言“无他”，又言“亦自饶”。全是写闲散人一片真趣。“却思”“随意”，何等优游自得，承上“无他亦自饶”来。

雪暗还须落，风生亦任飘。
几群沧海上，清影日萧萧。

“雪暗须落”，来亦不辞。“风生任飘”，去亦不恋。如读《中庸·素位》一章，真正不怨不尤，居易俟命。末因想到沧海，所谓优而至于圣人之域也。〇矍斋云：江起海结，章法不苟。

猿

君子处艰难之会，杀身成仁，其正也。为蛇为鳖，其奇也。正不废奇，奇不害正，君子之所以为君子也。结处“父子莫相离”，又为吴起、温峤一流人，下一针砭。

袅袅啼虚壁，萧萧挂冷枝。
艰难人不免，隐见尔如知。

纯是处乱世之言。艰难之及，免者几人？隐见之间，尔宜早计。不知是借人讽猿，不知是借猿讽人，读之但有忽忽不乐。

惯习元从众，全生或用奇。
前林腾每及，父子莫相离。

五六“元”字妙，“或”字妙。正论必以从众，为是全生，则或一出于奇耳。父子莫离，所谓从众正论也。

黄鱼

为儿时，自负大才，不胜侘傺。恰似自古迄今，只我一人是大才，只我一人独沉屈者。后来颇颇见有此事，始悟古来淹杀豪杰万万千千，知有何限？青史所纪，磊磊百十得时肆志人，若取来与淹杀者比较，乌知谁强谁弱？嗟哉痛乎！此先生《黄鱼》诗所以始之以“日见”二字，哭杀天下才子也！

日见巴东峡，黄鱼出浪新。
脂膏兼饲犬，长大不容身。

“日见”，犹言一个也，又是一个也。“出浪新”，“新”字妙。初出时，看他何等气色，何等意思！可怜后文，竟饲犬不容去也！第三四句写大才不适小用，便至到处狼藉。盖先师当日，既有莫究莫殚之用，便会计当，牛羊长，无所不至也。此身本自难容，犬又何罪乎哉？○“日见”二字，一气贯四句一解。

筒箫相沿久，风雷肯为神？
泥沙养涎沫，回首怪龙鳞。

颇闻世间尝有风雷，会送神龙上天。今日何独不为黄鱼一效神力？嗟乎！事出新奇，则风雷亦肯。沿习既惯，即筒箫相看。安见乡里小儿，朝朝暮暮，而能物色天子宰相者哉？末二句，不怪泥沙，反怪龙鳞。怪泥沙，犹以龙鳞自负；怪龙鳞，则竟以泥沙自毕也。呜呼！才子以才而建功垂名，则诚才之为贵。若才子以才而终至于饥饿以死，回首思之，我何逊于屠沽儿而一至于是？真不怪饥饿怪杀有才矣！

麂

先生如此等诗，何忍多读！然又不可不读。

永与清溪别，蒙将玉馔俱。
无才逐仙隐，不敢恨庖厨。

首句“别”字苦，“永”字更苦。次句“将”字奇，“蒙”字尤奇。麂生长清溪间，镇日随行结队，奔跳自得。不谓偶然失足一与之别，遂成永别，而不意中已列庖馔之数也。喻世事颠覆，贤愚莫辨。彼居位食禄者，诚宜不免；乃吾侪小人，僻处山野，亦复与于斯难。“蒙将”二字，下得滑稽。反若深感其不弃者，言外有玉石俱焚之痛可知。三四因自责，此实为藏身不密，不可徒怨他人也。

乱世轻全物，微声及祸枢。
衣冠兼盗贼，饕餮用斯须。

后解极论居乱世之难。“轻全物”，谓初不以全物命为心，解脰陷胸，同戏事耳！“微声及”者，谓不必真正犯难，但使姓名在人齿颊，即当不保，即庄子所谓“以不才终其天年”也。“斯须”字恨极，何曾日食万钱无下箸处，岂得长在腹中，不过取快一时之吻耳。人命物命，只如此用，所以不得不痛詈之曰“衣冠兼盗贼”也！

鹦　鹉

彼以多知婴罗网者，岂独鹦鹉哉？觉鹦鹉别离之苦尚浅，彼别离之苦更甚也。

鹦鹉含愁思，聪明忆别离。
翠衿浑短尽，红嘴谩多知。

首句“含愁思”，只是形似之词，二句忽接云“聪明忆别离”，因而追出缘故来云：今日之翠衿短尽，只全为当时红嘴多知，着一“谩”字可怜。何不学庄生之书，以不才终而至于此极也！遂写得鹦鹉聪明，遂有“明哲保身”四字隐隐笔端。

未有开笼日，空残宿旧枝。
世人怜复损，何用羽毛奇。

后解便是足成上意。上半悔既往，后半悲将来也。承转结，全作鹦鹉自悔之辞。

缚鸡行

此诗八句，凡两句为一解。

小奴缚鸡向市卖，鸡被缚急相喧争。
家中厌鸡食虫蚁，不知鸡卖还遭烹。
虫鸡于人何厚薄，吾叱奴人解其缚。
鸡虫得失无了时，注目寒江倚山阁。

此首全是先生借鸡说法。前四句借《孟子·牵牛章》“牛羊何择”演成妙义。“虫鸡”“鸡虫”连呼，是法平等。“叱奴解缚”，怨亲俱释。“注目寒江”，悲众生之无了时。独倚山阁，叹先生之登上地也。妙绝！

正月三日归溪上有作简院内诸公

题先言“正月三日”，是从王之辞。后入溪上，是纪实之辞。玩诗末句，乃是放假得归之辞。

野外堂依竹，篱边水向城。
蚁浮仍腊味，鸥泛已春声。

首二句写溪上，三四句写正月三日。题先书“正月三日”，而后书“归溪上”者，时在正月三日而得归溪上也。诗先写“溪上”，而后写“正月三日”者，久有溪上，而归之日适值正月三日也。首句“依竹”妙。先有堂，而后植竹，则是竹依堂耳，今反云“依竹”，若重竹而轻堂也者。次句“向城”妙。以实论之，只有篱向城、城向篱耳，水则何背、何向之有？今忽云“向城”，则宛然身在篱下也。故善观诗者，又必分首句为“溪上”，次句为“归”。盖首句中尚无人，至次句中始有人耳。三句“仍腊”妙，见入春尚浅，是写“三日”二字。四句“已春”妙，见已入春矣，是写“正月”。○“仍腊味”“已春声”，是正月三日不深不浅之间。“蚁浮”是酒，“鸥泛”者，当是茶熟耳。

药许邻人劚，书从稚子擎。
白头趋幕府，深觉负平生。

五六句，正写“归”字。“许邻人”“从稚子”是非前日院中未归时关防机密之苦。结写“简院内诸公”。玩结句，知公此归，乃是新春放假，非遂挂冠长往也。○“堂依竹”，先见堂而次见堂后之竹；是初归溪上眼中景。“水向城”，先见水而次见城，是既归溪上眼中景也。其中有一转身。

◈ 立　春 ◈

此诗惓惓不忘君父，先思京而后思家，温厚有余，风人之旨也。

春日春盘细生菜，“细”，细之也。春盘之中，细之以生菜也。忽忆两京梅发时。
盘出高门行白玉，菜传纤手送青丝。

“春日”二字，作一句。“春盘细生菜”，作一句。“忽忆两京”之盘、之菜，念一字作一句。

巫峡寒江那对眼，杜陵远客不胜悲。
此身未知归定处，呼儿觅纸一题诗。

结句无味，只为要用“呼儿”二字，以愧灵武之不监国而即位者耳！

寄常征君

咄咄征君，令人深省。

白水青山空复春，征君晚节四字不堪。**傍风尘。**难堪。

楚妃堂上色殊众，海鹤阶前鸣向人。十年声价，废于一旦，真有此惜。〇三四句奇艳无比。

一句喝断，二句实之。三句承“征君”，四句承“晚节”五字。

万事纠纷笑杀。**犹绝粒，**笑杀。**一官羁绊实藏身。**猜破遁辞。

开州入夏知凉冷，不似云安毒热新。结得毒极，可谓善谑矣！〇开州，征君所官之地也。入夏知必凉冷，不然安得幞头袍笏而不病也？

五六句言其苦趣，却带定征君字样。末承五六作结也。

江　上

杜题不可不知，如此江上乃是全题。盖身在江上，而心不忘魏阙也。通篇魏阙诗，却通夜不睡，故闻“高风”。一句于江上作，故曰江上，非断篇首二字也。

江上日多雨，萧萧荆楚秋。
高风下木叶，永夜揽貂裘。

只“萧萧荆楚秋”五字，是正写江上景。“日多雨”，乃原荆楚之所以秋也。“荆楚”二字妙，目睹荆楚，口言荆楚，心不在荆楚也。

勋业频看镜，行藏独倚楼。
时危思报主，衰谢不能休。

下解痛写“永夜揽裘”之故。我亦衰谢之甚，勋业行藏可以不经于怀，然犹“频看镜”“独倚楼”。“频看镜”者，老年心热人，忽忽自忘其白，妙在一“频”字。“独倚楼”者，登楼所以远望，岂身羸弱者所宜？然衰暮之人，极恐人笑。于是背地自登，因而久倚，妙在“独”字。末言应休不休也。

奉送蜀州柏二别驾将中丞命赴江陵起居卫尚书太夫人因示从弟行军司马位

题极似因送柏二将命起居，乘便寄书与从弟，不知却是特为寄书从弟，故带叙出寄书人来。何以知之？看他如此长题，字字做到，独有头上“奉送”二字，八句中细细寻检，全然不见提起，而后知其用意，在此不在彼也。至其制题，似反于柏二最详，裁诗又似以前一解专叙柏二事者。此则先生用异样奇法，撰作异样奇文，凡所欲说向从弟者，悉不于弟边说，而悉于柏二边说。文家谓之“提花暗色”方法，不可不知。

中丞问俗画熊频，爱弟传书彩鹢新。
迁转五州防御使，起居八座太夫人。

一解。极似专叙柏家事。言中丞新转夔州、峡州、忠州、归州、万州防御使，而遣弟别驾起居卫伯玉尚书母邓国太夫人。称为“八座”者，唐以二仆射令为八座。今卫既是尚书，已是八座之一也。“起居”，言既是中丞起居，礼应中丞亲往；乃今转遣爱弟者，中丞巡方事烦，不得轻离重地耳。“画熊”者，汉制：刺史车画熊于轼。“彩鹢”者，船头所画压水也。一解四句，看他将题之前半无数头脑，无不收尽，已称异事。却不知乃是先生“提花暗色”方法，句句字字都要刺入从弟司马心中，其实并与柏家事了不相干。相他四句中间，凡暗藏两番苦语：一番言我今老矣，如卫家太夫人，已至烦人起居。我岂独以贫贱之故，便不足辱汝等起居耶？一番言柏氏兄弟一处，兄有所事，弟即代劳，彼岂身为中丞富贵，则弟兄承奉，而我只以贫贱之气逼人，故汝远避之耶？先将己之已老，弟之不来，欲吐难吐之二语，轻轻反提在彼。入下解即不须琐聒，而已痛不可言矣！

楚宫腊送荆门水，白帝云偷碧海春。
与报惠连诗不惜，知予斑鬓总如银。

水送字，写腊去之疾。“云偷”字，写春来之疾。腊去春来，少年谓是乐事，不知老人于此，真酸彻肝脾。两句须看“腊”对“云”，“水”对“春”之妙。不知者，谓巧作参差，殊不知“腊”是正在而送去，“春”是未来而偷出。然则定须如是而成句也。下言为我传语从弟：本应裁诗相寄，而今不及有诗者，非是我惜此一诗，只为我今愈益老矣。昔尔见时，我虽二毛犹斑鬓，今则一总如银，又大非前日之比。彼卫太夫人，想亦只为如是，故中丞遣弟往候起居。而我则独是客居，全无音耗，并惠连“池堂”之梦亦不见通，又安得有好怀抱作诗寄尔也哉？○矍斋云：余廿年前，读此诗解，合什大士前，颂其青莲华眼，偈曰：“西施南威号巧笑，实以美目为庄严。杏坛乍点壁遂破，鹿苑洞开花正拈。憔悴诗王扪篆熟，嵚崎酒圣吮毫尖。碧波万顷蟾光在，肝臂从中愿力添。”《子美别传》：少时道遇鹅冠童子，与一图石，有金篆文曰：“诗王本在陈芳国，九夜扪之麟篆熟，声振扶桑享天福。”

阁　夜

阁即是夔州西阁。“阁夜”者，于西阁中度夜也。通篇悲愤之极，悲在夜，愤在阁。

岁暮阴阳催短景，天涯霜雪霁寒宵。
五更鼓角声悲壮，三峡星河影动摇。

一解写“夜”。言岁暮景短，忽忽已夜。是夜雪霁，寒宵湛然。二句专为欲起下二句，写出一肚皮刘越石、祖士稚心事来。言虽复短景入夜，然自一更以至五更，更更鼓角之声刺耳锥心，如何可睡？既不能睡，即不免走出中庭，瞻望天象。而是夜正值雪霁，满天星河湛然。汉东方朔言星辰动摇，民劳之应。今其象如此，苍生奈何？笔势又沉郁，又精悍。反覆吟之，使人增长意气百倍。〇心在此处，则以别处为天涯；心在别处，则以此处为天涯。此第二句用“天涯”二字之法也。人断断用不出，于是断断看不出也。

野哭千家闻战伐，夷歌几处起渔樵。
卧龙跃马终黄土，人事音书漫寂寥。

一解写“阁”。〇上解写“夜”如此，则岂可久于“阁”中也哉？而竟无计得去，安得不愦愦？〇百姓新闻合战，遍处无不野哭；先生不离西阁，闲听渔樵唱歌。时事危急，急至于此；人事迟误，迟至于此。因思卧龙跃马，终成黄土，盖世英雄，会有死日。今不及时赴事，转盼没世无称，天乎天乎，痛哉痛哉！我今在西阁之中，不惟人事不来，且至音书悉断，使一旦遂死，真成万年极痛矣！从来“终黄土”语，都作放手叹世用。此翻作血热头痒用，大奇！〇“卧龙”是诸葛亮，“跃马”是公孙述。左思《蜀都赋》“公孙跃马而称帝”是也。所以得入此诗者，《图经》：郭外有孔明庙，城上有白帝祠。正是西阁诗料也。

瀼西寒望

尝读王右丞《问寇校书双溪》诗云："君家少室东，为复少室西？别来几日今春风。新买双溪定何似？余生欲寄白云中。"悲在"别来几日今春风"七字下"余生"二字，从此生出先生"年侵"二句，一样手法。

水色含群动，朝光切太虚。
年侵频怅望，兴远一萧疏。

起二句"水色""朝光"，便写尽瀼西景物。下却作转折语虚描之。既云"年侵"，"怅望"何已？然有时兴至，辄复自得。余生欲寄，春来卜居，实不能舍此他之也。○"含"者谓仁，"切"者谓智，先生未必如此作，吾不可不如此读。

猿挂时相学，鸥行炯自如。
瞿唐春欲至，定卜瀼西居。

挂猿饮涧，闲鸥浮水，彼于世又何有哉？年侵兴远，是处皆可，故便决卜居之计。

不离西阁二首

一片好笑，结作二诗。○"不离"妙，日夜求离，至今不离，本即久住二字。然久住写身，不离写心；久住写住，不离写去。一片好笑，结作妙题矣。

江柳非时发，江花冷色频。
地偏应有瘴，腊近已含春。言腊犹未至，春已先动。

一解。写西阁不可一朝居，日夜求离。不言可知，谓之"反起法"。

失学从儿懒，无家住老身。
不知西阁意，肯别定留人？

二解。言明明有子，已置度外。实实无家，欲我安往？因彷徨四顾，反问西阁：为肯放我别？为尚将留我？夫西阁何意之有，为此言者，非戏作小儿狡狯之笔，人至心尽气绝，计算不通之时，真有自家意，反问他人之事。今日先生去留，先生亦已自不作主，肯别肯留，一听西阁。写穷途分明死人，满纸墨点泪痕，不能复辨矣！○"失学"句妙。题是《不离西阁》，且要问得离西阁，又有何事耶？当知年老心孤，亦已更无别事，只念教子学成，而不得试之吾身者，尚得试之后人。便暗用《论语》"归与""狂简"意，写作愁思苦调。而今即并此一事，亦既付之度外，只为无家住身，作《不离西阁》诗也。笔态曲折之极，取通篇一气细吟自知。

其二

西阁从人别，人今亦故亭。 一解之半。

上解“肯别”“定留”，语犹两持；此忽作决绝语，云“西阁从人别”，自哭自笑，如醉如呓。然则其不离何也？人自故亭，非阁留也。“故”字妙，写出一段穷途无赖气色。“亭”字，依亭午字，便作“停”字用，不可以“阁子”作“亭子”也。看他两篇如断若续，如问若答，三分真语，七分鬼话，又好哭，又好笑！

江云飘素练，石壁断空青。 二句十字，写一奇景，真是奇绝人。
沧海先迎日，银河倒列星。 又二句十字，写一奇景，真是奇绝人。
平生耽胜事，吁骇始初经。 前解之半。

忽然中插一解，写初到西阁所见奇事，皆以十字为句。言江云横飘如练，忽令空青石壁，断作两截。骤然见之，奇不奇乎？夜则沧海日光已动，银河星正灿列，奇不奇乎？此又先生集中别是一体。因结之云：平生最耽奇胜，今奇胜如许，正是初经乃曾吁骇。迩已见惯，还若平常，则可知不离之已久也。

谒真谛寺禅师

世间法，以日为俗谛，月为真谛，灯为中谛。出世间法，以文殊般若为真谛，普贤解脱为俗谛，世尊得法于传灯为中谛。此方以伯夷为真谛，叔齐为俗谛，国人立其中为中谛。真俗二谛，不相无者也。寺是真谛寺，诗是真谛诗，谁谓先生不作佛语？

兰若山高处，烟霞嶂几重。
冻泉依细石，晴雪落长松。

“冻泉”“晴雪”，虽复即景，然禅师威仪，尽此十字矣。

问法看诗妄，观身向酒慵。
未能割妻子，卜宅近前峰。

看诗虽妄，然非诗无以悦情性。向酒虽慵，然非酒无以慰寂寥。总因未能割妻子，故诗、酒、妻子，近于俗谛。偏以俗谛形真谛，妙。结应首二句。

◇ 崔评事弟许相迎不到应虑老夫见泥雨怯出必愆佳期走笔戏简 ◇

从来亲友相聚之乐，人人有之，况他乡失路时耶？先生有云：“杖藜入春泥，无食起我早。”今不过于马上沾湿，与无食而犯泥雨，其为苦乐相去多少！所以佳期未赴，胸中怏怏不乐之甚也。结语似唐突，既云“戏简”，亦不顾矣。

江阁邀宾许马迎，午时起坐自天明。
浮云不负青春色，细雨何孪白帝城。

先生凡题中有“戏”字者，悉复用滑稽语，如此诗皆是。八句中凡三句有马，笔致淋漓，纵放之甚。“午时”，言只今已午时矣，然实起自天明。自晨而及于午，以候邀宾之马之来也。乃是倒装句法，自写兴致不浅。○王摩诘《陇西行》“十里一走马，五里一扬鞭”，亦是倒装句。若解作走到五里，始一扬鞭，可谓钝置极矣。盖云走马时一辔头走十里，才一扬鞭，不觉已走到半路了。写其心头火急，走马迅速如见，真乃奇句妙句。附识于此。

身过花间沾湿好，醉于马上往来轻。
虚疑皓首冲泥怯，实少银鞍傍险行。

“沾湿好”“往来轻”，趣不可言。“虚疑”“实少”，便不顾崔评事面孔也。

昼梦

特特犯《论语》“昼寝”字，先生岂不可雕之木，不可杇之墙哉？世既已昏昏然，我何得不昏昏然？言念及此，唾壶欲缺矣。

二月饶睡昏昏然，不独夜短昼分眠。
桃花气暖眼自醉，春渚日落梦相牵。

一句正出题，二句料简之，三四句释也。“不独”二字，一直注到“眼自醉”“梦相牵”，此是何等笔力，亦是何等章法！言眼自醉耳，非我欲睡也；梦相牵耳，非我欲睡也。“桃花气暖”，“春渚日落”，非写春暄恼人，乃倒映下“荆棘”“豺虎”字。世人皆醉，我何独醒？世人皆梦，我何不梦？只是眷恋君国之意，耿耿胸中，有不能睡者耳，遂接下半首。

故乡门巷荆棘底，中原君臣豺虎边。
安得务农息战斗，普天无吏横索钱。

私则故乡荆棘，公则中原豺虎，农务不修，横征日甚，写世界昏昏极矣！独是横吏索钱，乃正在故乡荆棘、中原豺虎之日，其为横也，比盗贼更剧！先生于醉梦中不觉身毛直竖，此所以眼钉之必拔也！

熟食日示宗文宗武

此二首诗，四十许人，便不可读。

消渴游江汉，羁栖尚甲兵。
几年逢熟食，万里逼清明。
松柏邙山路，风花白帝城。
汝曹催我老，回首泪纵横。

带病客游，连年不返，岂非兵甲之故哉？起十字，对得错落之极。出他人手，便费笔墨无数矣。三句，我亦能道；四句，非人所及也。熟读细思，便能自造奇句。老人忽忽无乐，只向松柏一路，纵复风花满眼，与之全没交涉。见诸少年及时行乐，不胜厌恶，真有催老之恨也。从“清明”字中，分出“松柏”“风花”二项：松柏渐与老人亲，风花徒属少年事。真有“汝曹催我”之势，人特未老不知也。

又示两儿

令节成吾老，他时见汝心。
浮生看物变，为恨与年深。
长葛书难得，江州涕不禁。

团圆思弟妹，行坐白头吟。

令节也，实反成吾老，汝曹壮盛，未计及此。即日吾死后，当得汝悲痛耳，言今日不能令汝相信也。说得痛恻之极，何可多读！后半首，全悲自老，非念远之词。不云“见吾言”，却云“见汝心”，千锤百炼，成此痛语！

雨

此首正写乱极思治，而乱终不已也。始疑“自阳台”，此云“未必自阳台”，令人无搜索处，语意更深一层。

始贺天休雨，还嗟地出雷。
骤看浮峡过，密作渡江来。

前半首，极写兵甲连年之苦。“始贺”“还嗟”，“浮峡过”“渡江来”，沉头没脑，生理都尽，不经乱离，那知此事！

牛马行无色，蛟龙斗不开。
干戈盛阴气，未必自阳台。

五六，正写本题。“牛马”变而为“蛟龙”，写普天战斗，无复务农之乐。七八，是追恨天宝之事，意谓雨自干戈来，干戈则自阳台来也。反言“未必自”，出语婉甚。

卜　居

（归羡辽东鹤）

前《卜居》，结出“东行万里”句；此《卜居》，劈头便出一“归”字。想见先生手法之妙。

归羡辽东鹤，吟同楚执珪。
未成游碧海，着处觅丹梯。

题本《卜居》，却偏反起一句，言本意只要归。二句言不归，则虽为“楚执珪”，犹作越吟。三句言奈一时未得归何。四句始折到题面。看他笔力矫绝，以得归为“游碧海”，而以卜居为“觅丹梯”，真乃望归如仙，读之使人不敢轻出门也。

云嶂宽江北，春耕破瀼西。
桃红客若至，定似昔人迷。

五句，“宽”字妙，且图一豁老眼。六句，“破”字妙，便足稍充饥腹。末又以桃源为结，则全是姜枣汤，自暖其肚矣。

◇ 得舍弟观书自中都已达江陵今兹暮春月末合行李到夔州悲喜相兼团圆可待赋诗即事情见乎辞 ◇

题前自“得舍弟观书”至“到夔州”共二十四字，一二只十字了之。“乱离生有别”，单写一“悲”字；“聚集病应瘳”，乃写“喜相兼，团圆可待”七字。下一解，写“赋诗”二句。每叹杜诗妙于制题，非此层折不称。

尔到江陵府，何时到峡州？
乱离生有别，聚集病应瘳。

起句着二“到”字，更无字可代，亦不可省却一字，只信口直叙，妙绝！乱离之世，生尚有别，然则别之有死，乃分内字。而今忽然聚集，此乐何极，尚有不瘳之病哉？十字中便有无数层折，细细吟之自见。

飒飒开啼眼，朝朝上水楼。
老身须付托，白骨更何忧？

五六句，写尽快活。末结，正如人云：“如今便死得了也。”全是快活极语。

竖子至

诗叙小子送柰，通首全是幽人乐事。题却如此制就三字，便于笔墨之外，相其胸中蜿蜿蜒蜒，隐起无数悲愤也。盖先生欹枕江河，日望人至，乃今望者不至，而至者乃一竖子。心热人闻叩门声，不觉失口遽问，及至开看，自亦一笑。此《竖子至》“至”字之妙也。

楂梨且缀碧，梅杏半传黄。
小子幽园至，轻笼熟柰香。

于柰子外，忽想出楂、梨、梅、杏，碧者尚碧，黄者已黄，便令柰子于楂、梨前，梅、杏后，有分外出色处。起法之奇，又他人所未有。三四书其人、书其地、书其器、书其物，凡用四上虚下实字，写来却是极幽秀之句，岂不异事！连上“楂梨”二句，书其时，成一解。

山风犹满把，野露及新尝。
欹枕江湖客，提携日月长。

五六十字，新果之新，已尽于此，结束更奇。○好意献新，却被放出老饕无赖，言身今欹枕江湖，去期全无消息，如此轻笼柰，日提月携，正未有限。不知是怨愤，是滑稽，是哭，是笑！惟有十回读之，叹其妙手。

槐叶冷淘

只是偶然咏物小题，偏尽情尽理，有次有第，将许多采叶、付厨、买面、和汁、入鼎、加糁，色色拈来，事事点去，琐琐俗务，的的大雅。入第三解，忽然转笔，便又眷眷君父，无日忘之，遽令小题，遂成大作。常置几间吟叹，增长忠爱何限！

青青高槐叶，采掇付中厨。
新面来近市，汁滓宛相俱。槐汁面滓，宛然和合。

既俗矣，又甚琐，如何可写？今看他偏写叶在树前，面在市里。四句二十字中，只是采叶和面，他人已愁费手。今偏于叶上另着“青”字、“高”字，于面上另着“新”字、“来”字。来者，面从别处，新来近市也。便不知此日还是眼见青青，忽然兴发；还是耳闻新来，算出妙事？四句二十字，一若宽然可以无所不备者，真妙笔也。

入鼎资过熟，加餐愁欲无。此是分付须熟语而未餐。
碧鲜俱照箸，香饭兼苞芦。

入鼎后宁失之熟，则餐时柔滑宜人。香饭苞芦，既碧且鲜，皆加糁物也。冷淘小事，费心费口费手如此，未有大人不于小事费心者。

经齿冷于雪，劝人投比珠。即“投桃”“投”字。
愿随金腰袅，走置锦屠苏。

才经齿，便念人；才念人，便早又念此一人。问何得先念他人，次念一人？一者文情渐次生来，不得不尔；二者才经齿便念人，是此日实事。若“腰袅”“屠苏”，则空抱此心，而力所不及，不得不另文反覆也。

路远思恐泥，兴深终不渝。
献芹则小小，荐藻明区区。

四句一句一折。人臣之事其君，悉抱此四句曲折以往，其庶几矣。

万里露寒殿，开冰清玉壶。
君王纳晚凉，十五字为句。上十字，又衬下五字也。**此味亦时须。**

冷淘小事，偶然经齿，无端送想，便直到万里之外，凉殿之上，夜露之下，君王之身，竟忘却手中未放冷淘碗箸也。

◇◇ 园 ◇◇

题只一园字，诗补出“仲夏”字，前一解都从仲夏生情。〇陶公云：“园日涉以成趣。”园于我何有？只因今日涉、明日涉，便涉出趣来，若此园竟为我之所不可少。凡境皆然，陶公寓意不浅。先生此诗，乃言为避喧故，正不妨一涉耳。

仲夏流多水，清晨向小园。
碧溪摇艇阔，朱果烂枝繁。

碧溪摇艇，岂比要津；朱果烂枝，绝胜华禄。如此佳处，人之所弃，天之所留也，故下半接云云。

始为江山静，终防市井喧。
畦蔬绕茅屋，自足媚盘餐。

除却江山，都成市井。言始意只是陶然取乐，既而乃知此外皆忧。然则绕屋菜蔬，盘餐已足，必欲逐喧而求升斗，又独何心也耶？

更　题

前半首，痛定思痛之言，绝不指斥，措句妙甚。后半首，言甫脱丧乱，眼前光景，都看不得。不淹留又将何为？

只应踏初雪，骑马发荆州。
直怕巫山雨，真伤白帝秋。

踏雪犹肯，岂怕遭雨？盖暗指杨氏之祸几及乘舆，创甚痛深，觉至今犹心动也。有“巫山雨”，所以有“白帝秋”，至伤“白帝秋”，而后怕“巫山雨”，晚矣！二句抑扬入妙。

群公苍玉珮，天子翠云裘。
同舍晨趋侍，胡为淹此留？

五六言丧乱未几，而群公天子，宴然如故，曾无一人，少有戒慎，则恐丧乱正未已也。所以我虽眼见同舍之弹冠趋侍，我独何为不怀愁索处？“胡为”字，自问自嘲妙！

见萤火

题是《见萤火》，诗却从“见”字写出。后解云“沧江白发愁看汝”，写其见，正写其愁也。

巫山秋夜萤火飞，疏帘巧入坐人衣。
忽惊屋里琴书冷，复乱檐前星宿稀。

全诗作“见”字。“巫山”，见萤火飞之处。“秋夜”，见萤火飞之时。“疏帘巧入”者，山中秋夜早凉，人便不能露坐，故坐疏帘之内。萤火也飞进屋里来，点人衣上而不去。“坐”者，言其不去。以疏帘而萤能穿入，是其巧也。“屋里琴书冷”，用“忽惊”字，妙。天热，萤在空野处飞，今见其入屋，必且惊曰：“天又冷起来了！”“檐前星宿稀”而曰“乱”者，萤火即飞出屋，亦不离檐之上下。秋夜星疏，檐前可数，萤火飞来飞去，是乱星宿也。

却绕井栏添个个，偶经花蕊弄晖晖。
沧江白发愁看汝，来岁如今归不归？

井是露井，井上有栏。萤火只在井边飞绕。初然一个，继而又一个，复又一个，“添”字摹神。花蕊必在露地，萤畏冷，不飞去，或偶飞到花蕊上。光照花蕊，见他一亮一亮，若相接，若不相接，不似夏天亮得通彻也，“弄”字摹神。“沧江”“白发”，字法对映，正写“愁”字。言汝方秋冷无光，我正年衰发白，汝之行径与我行径相似，所以愁见汝也。汝生于巫山，今秋如是，明岁亦然；我却是借寓，虽归心日迫，而归期杳然。今岁已无论矣，来岁如今，不知我行踪何处。我若归，不得见汝；若不归，仍要见汝。我今日正愁见汝，然我亦安得归不见汝哉？

日　暮

忽忽此生已老，忽忽此日又暮。读第一句，才说“牛羊下来”，却忙又下“久”字。夫久，则忽忽又已夜也，忽忽又黄昏也，半夜也。壮夫读之，遍身不乐，何况老人？

牛羊下来只此四字是“日暮”，以下悉是夜。久，如此奇句，便是佛唱，岂复风人！各已闭柴门。

风月自清夜，江山非故园。直用王粲《登楼赋》“洵美而非吾土”句，开作两句。

如此风月清夜，何得闭门不顾？嗟乎！此有至痛，非人所知也。题是《日暮》，我欲作日暮诗，乃甫吟“牛羊下来”四字，一句犹未毕，而日暮景色失已久矣。老人余光，统计已无几何，乃中间流注曾无少停，又且如是，即欲不闭门，无计可堪也。“自清夜”，写门外风月。“非故园”，写门内眼泪。使人读之，真视风月如无常鬼伯，自有此物以来，未遭如是用也。○“各已闭柴门”，不妙于先生诗中写他人闭门，妙于写他人闭门时，先生亦已闭门。想至此，真乃无贤无愚，只合与草木一例去也，是一齐闭门义也。

石泉流暗壁，草露滴秋根。不是看到，乃是算出。

头白灯明里，何须花烬繁。

泉流露滴，何刻不尔？暗壁秋根，人故不觉耳！二句便将前解第一句重更提唱一遍。然则身坐灯明，命驰鬼国，刹那刹那，呼变吸异。况在白头，其事倍速，花烬连连报我何喜也哉？前解不闭门不好，后解闭门又不好。《仁王经》四无常偈，到处筑着、磕着矣！

月

（四更山吐月）

此题最无分晓。法应书何地月，或何时月，乃今只标一“月”字，便似咏物通套题耳。而其诗，却又云“四更山吐”，极不通套。然则还是此处山高，四更方见，还是下旬月迟，四更乃吐耶？及至读其诗，反复哀怨，而后始知先生满肚忠君爱国，而当时又有不可显言者，于是托喻于月，以宛转摅其欲吐难吐之情抱也。设有嗔责之者，即不妨指题婉谢之曰：“臣咏月也，非臣自咏。”于是先生即一字之题，无不备极风人之遥深矣。

四更山吐月，“山”字着力，言山为之也，非月咎也。

残夜水明楼。“水明楼”，着力表月之光明，本有如此。○四更即是残夜，然“四更”在未吐前，“残夜”在既明后。“四更”恨其久，“残夜”惜其迟。

尘匣元开镜，“元”字好，我谓无此日矣。**风帘自上钩。**“自”字妙，待之不已久乎？

四句不知是庆是恨，是骂是诉。言自一更、二更，候过三更，几疑无月矣。讵知月本自明，只受山蔽，山势既尽，其明俨然。夫山之蔽月，必至四更方吐，山之力亦大矣。月之明楼，直到残夜如水，月之来不已迟乎？约山以论，岂不自谓永不使月出现？乃势穷理极，尘匣终无埋镜之事。彼贼臣眼见终归于尽耳！乃约楼以论，何曾一日不如或遇之？虽转望转赊，风帘宁有不上之时？彼孤臣真有久信于心也！嗟乎！四句二十字，声泪俱尽矣！○东坡称“残夜水明楼”为好景绝唱，小儿眯目，不见太山，真何足道！

兔应疑鹤发，蟾亦恋貂裘。“兔”“蟾”并用，微似不雅。只图渲染题面，遂不顾矣。

斟酌姮娥寡，天寒奈九秋。

前此不须复说，今既永夜上钩，值此四更开镜，意者辅弼姮娥，经纪九秋，在所不待再计耶？嗟乎！臣方壮时，辱在泥涂，今老无能为，复欲安往？兔疑蟾笑，臣不为也。已矣姮娥，天寒九秋，斟酌善为，臣不能重有筋力相助为理也已。四句二十字，声泪又一尽。○遥想一千年前，先生作此诗既毕，方乃伸笔向诗前婉署一字曰“月”。中间为是心血，为是眼泪？为是说得，为是说不得？寄语千年后人，实是说不得也！

小 园

庞公每云：“但愿空诸所有，慎毋实诸所无。”学道人，此身犹为大患，多方思欲委弃。岂可身外自招长物，轻于太虚空中注作黑点？昔日赵州和尚，自言除二时茶饭外，更无杂用心处。然则二时茶饭，赵州已自杂用心也。故吾每见道人弃家行脚，身边只留巾瓶杖履，吾谓不如并此数物，亦一切抛却。虽故先圣遗制，然毕竟多一事，多一心。自非上圣，未有啖针七钵，了无难色者也。先生《小园》诗，正快说此义。

由来巫峡水，本自楚人家。

客病留因药，春深买为花。

一解。笔势奇逸，写尽人生无事讨事，都从不意中偶然因缘而起。〇一二句，言此园与客，风马无及，真乃不知从何说起。三四句，却以微因，生出事来。身既有病，时又深春，既资其药，又玩其花，因而“留”，因而“买”，小园从此遂于客成附赘悬疣，更洒不脱矣！〇常想老人身边，偶收中婢，初本是天下女子，于我何与之有？只因二时粥饭，冬春浣涤，傍晚收书，中夜搔背，因而省一童子之食，畜此一物，略复自便耳。不意既入我室，全非初料，藤蔓桎梏，俨成继室，往往而然，胡可胜叹！

秋庭风落果，瀼岸雨颓沙。
问俗营寒事，将诗待物华。

一解。四句是平写四件事。才有小园，便色色关心，鹿鹿多事。如此人，岂可有小园也哉？〇“落果”，仰视而知；“颓沙”，俯察而见。两句是写小园可恼。然小园主人，正复以恼为佳耳！“问俗”句，百计过年，实为事出无奈。“将诗”句，预迎新岁，毋乃可以暂已耶！只为多却一园，便平添出如许事。

又呈吴郎

前解，要吴郎原此一妇人之情；后解，为吴郎说普天下一妇人之情。

堂前扑枣任西邻，无食无儿一妇人。
不为困穷宁有此，只缘恐惧转须亲。

前解。“堂前”者，杜陵别业之堂前也。“西邻”者，杜陵别业之西邻也。“枣”，杜陵别业之枣也。别业为吴郎寓居，故杜以诗寄之。“任”之云者，一听其取，勿复问也。所以然者何？盖西邻之人，无食无儿之一妇人也。“一”字承两“无”字。无食有儿犹可，今无食又无儿，谁代为求食者？岂不困穷之至？所以当任之也。三，又代妇人设想，人谁不愿为长者？设令此妇人有食有儿，处丰乐之境，不难饷人以枣，何至扑人枣乎？富好行其德，彼亦与我同心。今之扑枣，岂其初心哉？故曰“不为困穷宁有此”。四，既代之设想，又使之宽心。彼不得已出于此，其心必有大不安者，恐人见之，惧人责之，其跼蹐可知。君子见其如此，不惟不禁，且或抚慰之，为代扑以予之矣，故曰“只缘恐惧转须亲”。三四句，即《论语》“如得其情，则哀矜而勿喜”之意，抵一篇《尚德缓刑书》读。吴郎官为司寇，故告以此，宜书座右也。

即防远客虽多事，使插疏篱却甚真。

已诉征求贫到骨，更思戎马泪沾巾。

后解。我与邻无扑枣之嫌，而邻与堂犹有一篱之隔，何也？以吴郎寓居于此，故使插篱间之。本为西邻防远客，非为远客防西邻也。因防远客，使插疏篱，虽我之多事，亦我之真情耳！且亦知其所以无食无儿之故乎？此妇人本未尝无食，只为朝廷征求太重，使其力已竭，以至无食也！本未尝无儿，只为朝廷戎马征发，使其子从军，以至无儿也！嗟乎！朝廷如此，为缙绅者，不能为之挽救，已负疚极矣，况忍复禁其扑枣耶？兴言及此，不特彼妇沾巾，即司马青衫泪湿矣！

人　日

题是《人日》，诗当为远游作。

此日此时人共得，一谈一笑俗相看。
樽前柏叶休随酒，胜里金花巧耐寒。

先生前诗云：“元日到人日，未有不阴时。”农家以此数日阴晴，定终岁丰歉之验。若人日阴雨不止，则岁之歉收可知，而出处俱困矣。今先生重欲远游，而人日恰逢佳日，虽欲不与俗共谈笑得乎？此江湖之兴所以勃发也。“休随酒”，言随处可以饮酒。“巧耐寒”，言虽寒可以曲耐也。

佩剑冲星聊暂拔，匣琴流水自须弹。
早春重引江湖兴，直道无忧行路难。

转句奇妙。先为远游算出行路之难与不难，非写琴剑随身实事也。佩剑冲星，得无有望气如雷焕者乎？匣琴流水，得无有知音如钟期者乎？如此则行路可保无忧，而今日江湖之兴，何妨重引哉！

三绝句

（前年渝州杀刺史）

《三绝句》，不可少一首，亦更不能多一首，惟先生法如此，余人不知。

前年渝州杀刺史，今年开州杀刺史。
群盗相随剧虎狼，杀人更肯留妻子！

《唐书》：部将吴璘，杀渝州刺史刘卞以叛，杜鸿渐讨平之，事在大历元年。部卒翟封，杀开州刺史萧崇之以叛，杨子琳讨平之，事在大历三年。二句只是写盗贼淫杀，不是一年，不是一处，不必定有意学“鱼戏莲叶”东西南北句法也。“相随”字妙，写尽盗贼无部署，无册籍，只是到处成群而走。“剧虎狼”，言尤甚于虎狼。“杀人”句，妙于“更肯”字，本是杀其人而淫其妻，却写得一似蒙其肯留，感出意外者。非是写惨恶事犹用滑稽笔，不尔，便恐粗犷不可读也。第一绝，写盗贼淫杀。

其二

二十一家同入蜀，惟残一人出骆谷。
自说二女啮臂时，回头却向秦云哭。

“自说”字，虽在第三句，须知上二十一家入蜀语，亦此人自说也。二十一家，共计凡有若干人，而今只剩此一人，此其杀可知。只此一人，已有二女，彼二十一家，共计妻女凡有若干人，此其淫可知。“啮臂”者，二女赴节就死，又念此臂曾为盗贼所持，不可以冰玉之身，有少点污，因自啮去此一片肉，然后乃死。书此者，盖因当时遍世界悉受淫污，天昏地黑，无复人理。先生不忍使廉耻种子于此澌灭净尽，故特特撰此骆谷一人说云：今日犹有如此二女，以培植廉耻于天地中间。虽谓先生此诗，功不在禹下可也！○“惟余一人”，是剩一完全人。“惟残一人”，是剩一不完全人。只一字，写乱离之惨如睹。○第二绝，写被淫杀之难者，只据骆谷一人口中，则有二十一家，其外何限?

其三

殿前兵马虽骁雄，纵暴略与羌浑同。
闻道杀人汉水上，妇女多在官军中。

劈头提出“殿前兵马”四字，不复自避唐突。“虽”字、“略”字，虽复多用曲折回护，然毕竟更忍不住矣。下二句，便直用第一绝之第四句，破作两句。非先生句法亦有重出之时，正是故作此交互映带之法，以见殿前兵马之即盗贼也。〇第三绝，写殿前兵马即是盗贼。“杀人”，“人”字妙，并不杀贼可知。〇此《三绝句》，非写三事，乃独刺殿前兵马也。却为“殿前兵马即盗贼”一语，投鼠尚忌其器，岂可唐突便骂？故分作三绝句以骂之。第一绝，言群盗则理当淫杀如此，若不淫不杀，亦不成为群盗。第二绝，言普天下人酷受淫杀之毒，我只谓都受群盗之毒。第三绝始出正题，言近则闻道殿前兵马乃复淫杀不减，竟不知第二绝是受群盗毒，是受官军毒？谁坐殿上？谁立殿下？试细细思之！

宇文晁尚书之甥崔彧司业之孙尚书之子重泛郑监前湖

此诗是崔姓一人重邀先生泛湖而作也，乃不著姓名，而特溯其遥遥华胄，复及其外家，重叠反复，似乎推重也者，而不知正言外不然之极也。先生制题，每用《春秋》详略之法，以寓抑扬。书名书官及书行次，各不相等。“宇文晁尚书”“崔彧司业”云者，非所亲厚之人，而其人足重，故既书官必书名也。“尚书之子”云者，尚书当是崔彧子，彧名而彼不名，以其人无足重，故但书官不书名也。先生此题，明明与崔氏一人同泛，而但曰某人甥，某人孙若子，其人影迹不露，是其人岂复为宇文宅相，强爷跨祖之人乎哉？先生虽与同泛，有甚不乐此重泛意，而浑厚自然，真三百篇之遗也。〇制题出人意表，当与《陪李金吾花饮》等同看。

郊扉俗远长幽寂，野水春来更接连。
锦席淹留还出浦，葛巾攲侧未回船。

郊扉既已远俗，则幽寂固所甘。春水更尔接连，则出入尤不易。何乃有此重泛之役乎？“锦席”曰“淹留”，“淹留”二字妙，既无酬和之乐，自觉留连之苦。“葛巾”曰“攲侧”，“攲侧”二字妙，无有风范可亲，不觉简傲自恣。玩此两上半句，乃是先生满肚皮不耐烦，不能说出。主人顾命舟重泛，“还出浦”“未回船”，是亦不可以已乎？此节专写“重泛”字，借郊扉、野水，映带郑监前湖，而实则未写也，要留在下半节写。

尊当霞绮轻初散，棹拂荷珠碎却圆。
不但习池归酩酊，君看郑谷去夤缘。

“霞绮”，喻当时声伎杂然，所谓“锦席”也。刹那聚散，夫岂有常？“荷珠”，先生自喻也。处处皆圆，谁能碎却？不知者谓是写景，味制题之意，真无景可写也！“习池酩酊”，先生以山简自居。奇在“郑谷夤缘”句，彼一贵介在坐，夤缘之态至不可说，得无耸动郑监亦作此想耶？读此句，想一时泛湖声势，正自入眼不得。〇有谓前解“郊扉”“野水”二句，说郑监前湖者，非也。先生卜居，正与水近耳。

宇文晁尚书之甥崔彧司业之孙尚书之子重泛郑监前湖（别批）

古人诗，有诗从题出者，有题从诗出者，有诗之所无题补之者，有题之所无诗补之者，有题与诗了不相关者，有诗与题融然一片分开不得者。如此律，固诗与题一片者也。

郊扉俗远长幽寂，野水春来更接连。
锦席淹留还出浦，葛巾欹侧未回船。

先以起二句，立定自家人品。下却写连日之趋承，而以后四句辨白之。淋漓痛哭之文也。

尊当霞绮轻初散，棹拂荷珠碎却圆。
不但习池归酩酊，君看郑谷去夤缘。

富贵无常，沧桑不定，我看破已久。“还出浦”“未回船”，岂真周旋权要哉？夫前湖宛然，而郑监何在？若彼尚能夤缘，我亦不妨为之也。

◈ 晓发公安数月憩息此县 ◈

此诗最恶，不知何年一见便熟，至今每五更枕上欲觉未觉时，口中无故便诵此诗。百计禁之而转复沓至，圣叹白发，是此诗送得也。

北城击柝复欲罢，东方明星亦不迟。
邻鸡野哭如昨日，物色生态能几时？

“欲罢”“不迟”，便用《国风》“鸡既鸣矣”“匪鸡则鸣”笔法。写客程忙促，惊心吊胆如画。乃于第一句，轻轻插一“复”字，而前此日日五更，声声入耳，真可痛可骇也！言数月以来，邻鸡野哭，耳得饱闻，日又一日，本不置意。却因今日临当发去，忽悟今犹昨，昨又犹昨，不意之间，数月何在？自今以去，又有几数月也？可痛可骇也！〇道树云：“北城”句，还在床上。“东方”句，直出门前矣。二句之跳脱如此。

舟楫眇然自此去，江湖远适无前期。
出门转盼已陈迹，药饵扶吾随所之。

未发公安，尚有公安可据。自今已去，茫然不复知所如也。如此便应极大悲恼，然而竟不者，数月公安，转盼便非，身世虚假，了无可信。可惜此行实无前期，纵有之，亦何须几何时，早与公安一样也！〇此诗一二句是初发公安，五六句是既发公安，三四七八句是数月憩息此县。

不悲于去公安，亦不悲于去公安后无处去，悲莫悲于数月憩息此县也。道树云：“语云：‘相随百步，犹有徘徊之意。’何况数月憩息？故悲也。”

发潭州

倪云林画中，从来不著一人，相传既久，妇人孺子无不知。却曾无人知此诗通篇不著一人，其法至奇也！○题是潭州，便从潭州上掇拾出贾、褚二人来，最是冬烘恶套。我欲骂之，彼便高援先生此诗为证。不知先生自有异样妙法，明明写出贾、褚，明明纸上反已空无一人。不惟无他人，乃至并无先生。此不知当日先生是何心血做成？亦不知圣叹今日是何眼光看出？总是前人心力不得到处，即后人心力亦决不到。若是后人心力得到之处，早是前人心力已到了也！千秋万岁之下，锦心绣口之人不少，特地留此一段话，要得哭先生，亦一哭圣叹，所谓“回首伤神”，辈辈皆有同心也！

夜醉长沙酒，五字中，并不见主人。晓行湘水春。“夜醉长沙”“晓行湘水”，虽写“发”字，然客游既倦，人情转薄，苦况恶境，尽此十字矣。

岸花飞送客，樯燕语留人。得此二句，上句愈明。

发潭州，原只应从晓行湘水写起。今乃于未发之前一夜，补出“长沙酒”一句，便见潭州只如空城，醉只自醉，行亦自行。夜犹潭州，晓已湘水，既无人留，亦无人送。夫先生至今日，谁不愿黄金铸躯，泥首万拜，乃在当时，只是如此！所谓饥寒困苦，身遍受之。而留此珠玉锦绣，怡悦后人，可痛也！三四句承上，正写潭州不送不留，非写飞花燕语。言“岸花飞”，或当送者；“樯燕语”，即算留人。此正重明夜醉晓行之苦况恶境，亦用“青蝇吊客”语翻作好句也。〇一解四句中，并无一人甚明。

贾傅才何有，褚公书绝伦。
名高前后事，回首一伤神。若不寻得先生妙法，此四语复成何诗哉？

前解并无一潭州人，然犹有一发潭州之先生。至后解，忽然写出一谪潭州人，忽然又写出一谪潭州人，凭空添出两人，而发潭州之一人，遂悲不可说矣。“何有”，言才何在也。“绝伦”，言书仅传也。“回首”者，若论前后，则贾、褚已往，我今犹在。若论潭州，则不惟彼往，我亦已发。通篇八句四十字中，真并无一人矣。辛卯夏六月甚暑，当午读之，寒栗竟日。

风雨看舟前落花戏为新句

只三解，写尽无端失足，终不自振，可笑可悯。〇花岂可不开？但风雨岂开花之日？自不爱惜，一败莫救。然后读《论语》“邦无道，卷而怀之”句，不觉流泪。呜呼，不既晚乎！

江上人家桃李枝，春寒细雨出疏篱。
影遭碧水潜勾引，风妒红花却倒吹。

桃李枝，谁禁不出疏篱？然三春百日，何妨少待。又寒又雨，世界如此，卿乘千里马欲先安之耶？“潜勾引”妙，岂不内度诸心，外度之事，百便千便，万无一失。“却倒吹”妙，岂料一入此中，全不由我，千差百跌，总无一是。嗟乎，嗟乎！才被勾引，便受倒吹，中间何曾瞬息如意？我自轻出疏篱，于彼风雨又何尤焉？

吹花困懒傍舟楫，水光风力俱相怯。
赤憎轻薄遮人怀，珍重分明不来接。

一跌后更不自振，全望有人舒手相援，乃人见其前后踪迹如此，亦便分明置之不理。前解写落花，落花要哭。此解写舟中看落花者，落花一发要哭。真尽情尽事之笔也。○落花困懒，却借舟中人眼光看出来。“水光风力俱怯”妙，怯风力还为怕他倒吹，怯水光乃并怕他勾引矣。“轻薄”字，正与“珍重”字对。赤憎遮人，分明不接，犹可耐也。笑我陷自轻薄，彼因特作珍重，胡可耐也？然滔滔世情，大都如此。自出疏篱，于彼何尤？

湿久飞迟半欲高，萦沙惹草细于毛。
蜜蜂蝴蝶生情性，偷眼蜻蜓避百劳。

第一解写无端失足，第二解写更无人援，此解写是人遂不知所终也。○湿既久，飞极迟，然而心犹不肯遽死，因更为下“半欲高”三字。写失路人痴心妄想，真有此事。然此去随处沙草，竟如一毛，奄然不复见卿重来矣。于是蜂蝶小虫，以此为鉴，授眼蜻蜓珍重不出。然而我为前车覆则久矣，夫人亦何乐以身为他人前车者哉！

宾　至

宾，大宾也。宾至不比客至，意中虽极欲款留，而势必难款留，看其措词之妙！

幽栖地僻经过少，老病人扶再拜难。
岂有文章惊海内，谩劳车马驻江干。

一句见幽栖非贵客所经之处，一句见老病非迎接贵客之人。先自叙绝无宾至之理，承言今贵客俨然临我，我实自信不过也。除非我有惊世文章，或者不嫌我地僻，不嫌我老病耳。自揣生平只有得者几句诗，诗却算得甚事，而劳他车马访我江干耶？前解做完“宾至”，后解做一时不能款留他。

竟日淹留佳客话，百年粗粝腐儒餐。
不嫌野外无供给，乘兴还来看药栏。

佳客是不可率易留者，初意到过即行，他却淹留在坐，话个不歇，已好大半日矣。“淹留”二字妙，因不能款他，要他速去，觉得有不耐烦他底意思，情事如见。“百年粗粝”者，没头没脑于其中也。见他不去，似不得不留他。然而家又无物。口对客话，肠中轮转：如何而可？除非留他一饭。算计到一饭则心力竭矣，但我平日所餐者，粗粝也。葱汤麦饭，在腐儒则不嫌，彼贵客那好便留？此句尚在沉吟不决之际，合二句遂决意不留矣。又恐客尚望其留，索性回绝了他，说我僻处野外，家无供给，心实不安，未审尊客嫌我否也？若不嫌者，“供给”我家固无，“药栏”我家则有。药栏可看，已在此看了半日，后此有兴还来，来则仍看药栏也。先生此日真亏煞这个药栏，若不是他，则尊客今日兴尽而返，尚复望其乘兴而来哉！嫌不嫌于来不来上验，妙甚！○此下五首，从《说唐诗》录入，因《唐才子书》无杜律。凡而庵所批，皆为分解存之。○杜诗单行全稿，不欲混于四唐之内，此唱经意也。今既不可得，而七律所缺过半，而庵其有意乎？矍斋识。

客至

公自注：喜崔明府相过。

薛广文云：按公生母崔氏，明府其舅氏也。今看去，恐不是尊行，必是表兄弟。题曰《客至》，是又远分者。待他之法，客又不纯是客，亲又不纯是亲，故知其为远分表兄弟也。

舍南舍北皆春水，但见群鸥日日来。
花径不曾缘客扫，蓬门今始为君开。

一春多雨，舍之南、舍之北，一派皆水。群鸥水鸟，因水而来，游于舍南北之间，人迹则断绝矣。客既不来，径亦不扫，门亦不开。今始扫径开门，见是久雨之后，客来第一个也。

盘餐市远无兼味，樽酒家贫只旧醅。
肯与邻翁相对饮，隔篱呼取尽余杯。

如此大水，市久不通，家定无物。客至又不可不留，幸是亲戚，不妨随意出家中之所有。盘餐只得一味，无有第二样，以市远为托词。市即甚近，亦难致也。樽酒取之床头，然却是旧醅。醅是酒之未滤者，又托言家贫只此而已。“肯与”字妙，欲请人来陪，却先问客一过。酒不成酒，下箸又无可下箸，又茫茫是水，无处去请客，屈指来只有一邻翁，未审肯与饮否？如以为可，隔篱呼唤他来。“取”字见邻翁必来。“隔篱”二字照顾“舍南舍北”四字妙。村间房子，朝南北者多，南北是说舍之前后。隔篱则是间壁，因前后皆是水，故于间壁邀人也。邻翁是饮此旧醅惯者。“尽余杯”亦托词，不好说客不肯饮旧醅，亦不好说客饮尽此旧醅，故把邻翁尽兴。旧醅即不中饮，见此邻翁欢饮，亦略助客酒怀，庶几相忘此旧醅之劣也。不提起盘餐，又妙极！

◈ 闻官军收河南河北 ◈

一传闻如此，可见先生此心，无日不在朝廷。

剑外忽传收蓟北，初闻涕泪满衣裳。
却看妻子愁何在？漫卷诗书喜欲狂。

剑外，剑阁之外。“收蓟北”者，代宗广德元年，史朝义自杀，其将李怀仙以幽州降，田承嗣以魏博降是也。先生在剑外，刻刻思归洛阳，为因祸乱未息，朝中绝无动静，反放下念头过日子，谓不知在何年、何月、何日、何时，得听好消息。今一传到耳，且不问事之虚实，不觉大喜遍身。喜极反泪，此亦人心之常，勿作文章跌顿法会去了也。“愁何在”妙，平日我虽不在妻子面前愁，妻子却偏要在我面前愁，一切攒眉泪眼之状，甚是难看。今日涕泪沾湿中，却看妻子颜面已绝不类平时。然则你们底愁，竟丢向那里去耶？“漫卷诗书”妙，身在剑外，惟以诗书消遣过日，心却不在诗书上。今已闻此捷音，极其得意，要这诗书何用？见摊在案头者，趁手一总卷去，不管他是诗是书，一类非一类也。写初闻光景如画，为一解。

白首放歌须纵酒，青春作伴好还乡。
即从巴峡穿巫峡，便下襄阳向洛阳。

临老得见太平，即一日亦是快乐。我纵不善歌，当为曼声长歌；纵饮不得酒，当为长夜泥饮。皆所以洗涤向来之郁勃也。“好还乡”“好”字，见此时不归，更待何时？趁此春天，一齐归去。此二句说归。合二句见说着归时，妻子皆飞得起要归，一似不待束装即上路为快者。“即”是即刻，“便”是便易。巴峡在重庆，巫峡在夔府。“穿”字，见甚轻松，有空即过去也。巫峡顺流而下，遂至襄阳，此是一水之地，故用“下”字。洛阳已是陆路，故用“向”字。此写闻过即欲还乡，神理如见，为一解。此等诗，字字化境，在杜律中，为最上乘也。○妙批！

见王监兵马说近山有白黑二鹰罗者久取竟未能得王以为毛骨有异他鹰恐腊后春生骞飞避暖劲翮思秋之甚眇不可见请予赋诗二首止黑鹰一首

据王监口中，说有是鹰。据先生诗中，必无是鹰。令人好异之念，不觉冰释。

黑鹰不省人间有，渡海疑从北极来。
正翮抟风超紫塞，玄冬几夜宿阳台。

“省”有数义：一、省觉之省；一、警省之省；一、省察；一、减省。此“不省”字，乃是省觉、省察边字，从“王监兵马说”五个字来。君虽说有，我不省其必有。“渡海”句，正言其不必有也。人间从无此鹰，虽云生于外国，必是渡海而来。然我疑其从天而降。用“北极”者，北色黑故。此二句是不信王监所说，欲其止罗者之求索也。“正翮”句，承渡海。“玄冬”句，承北极。紫塞，长城也。秦筑长城，土色皆紫。鸟飞翮多不正，《庄子》说大鹏“抟扶摇羊角而上者九万里”，“抟”是一个飞法，“扶”是一个飞法，“摇”是一个飞法，“羊角”又是一个飞法。大鹏上天，用四个飞法。今鹰只用一个“抟”法，直开两翮，不作反侧之态，从正北超越紫塞，此是具何等势力！“玄冬”亦贴“黑”字。鹰来必在秋冬之际，王说黑鹰时，正在冬，故用“冬”字。阳台在夔州境内。王说近山，故用阳台也。何故用“夜”字、“宿”字？王既说近山有，又说竟未能得，先生意中，总不欲王去罗取。王说有，不好说无。王说未能得，即诡其词曰：想此鹰日间不在这里飞，夜间或在这里宿。夜宿有谁看见？又不是连宿，一冬九十日，只得几夜，又不知是那几夜。若果是夜宿者，则鹰犹或可得，不知在那几夜，踪影俱无，如何能得？吾真不省人间有此鹰也！作前解。

虞罗自觉虚施巧，春雁同归必见猜。
万里寒空只一日，金眸玉爪不凡材。

礼：葬后五日之祭，谓之“虞祭”。“虞”，乃重华字，虞之为言虑也。于彼乎？于此乎？犹云如在上，如在左右也。虞人处处张设罗网，或疑禽兽在那边来，或疑在这边来，故曰“虞罗”。王恐腊后春生，眇不可见，必令人多方捕取。虞人承命，敢不尽力。然虽多方施巧，而其意中知鹰卒不可得，则是虞罗虚设矣。“春雁同归”者，鹰超紫塞而来，中国广阔，东西南北，何处不去？不好捉摸。到得春雁归时，鹰少不得要归。归则与雁一路。鹰是黑色，就令杂在雁中，与雁自别，必然看见。必“见猜”者，非鹰雁自相猜，乃人去猜度鹰也。言彼虞罗既不可得，难道见也不使人一见？除非在雁归时，可以猜其有无。然鹰若有则可猜，无则猜亦无如之何矣。“万里寒空”者，因尚未春，故云“寒空”。此正鹰驰突之际，万里之远，不消一日，等闲过去。“金眸玉爪”，正衬“黑”字。先生未尝看见，竟说他眼是黄底，爪是白底，如此活现，正从下“不凡材”三字想得。盖鹰之敏捷在眼，猛利在爪，与起“正翮”“翮”字相映。既云“不凡材”，则此鹰断不为人得。若为人得，便是凡材。今见也不使人见，真正鹰之出类拔萃者。王即于近山多方捕取，断不可得。若为王得，则亦犹夫鹰耳，又何必慕此鹰哉？王真不必令人取也。王监欲取是鹰，为害地方不少。先生教他不要捕取，不如直言鹰之不为人得为妙也。

燕子来舟中作

看先生待燕子直是故交相似，流离之苦，殆不言神伤矣。○按大历四年，公自岳阳至潭州，寻入衡州，复回潭州。五年，在潭，率舟居，又值臧玠之乱，因避入衡州。欲往郴州不果，回潭。谋归襄阳，道卒。此诗即是年作。

湖南为客动经春，燕子衔泥两度新。
旧入故园尝识主，如今社日远看人。

湖南在潭州，为客于此，辄又经春。燕子垒巢，已新两度。“新”字有无数不堪在内。“旧入故园”二句，紧承“燕子”，而“湖南为客”自见。旧在故园，燕子来巢，想必识我是个主人；如今社日（“如今”者，算不出年月也），却远来舟中看人。岂我思故园，燕子亦不忘旧人耶？先生见燕子来，不啻空谷足音，直把来作一旧相识，言之感伤。

可怜处处巢居室，何异飘飘托此身？
暂语船樯还起去，穿花落水益沾巾。

“处处”二字，即在“故园”与“湖南”上说，不必说开。燕子巢居，也不得安栖一处，原其情，真是可怜。今我舟居湖南，飘泊水上，燕子当亦可怜我。“暂语船樯”句，悲在“还起去”二字。言燕了既到舟中，何不竟在此垒巢，使我终日相对？今只在船樯上暂语，我道汝尚未即去，汝还起去，殊为惆怅！然若汝竟远去，只当汝不曾来，而今看汝却去穿花落水，或有意娱我，而然不知越形容我不堪来。燕作如是消遣，我却闷坐舟中，不如燕子多矣！不觉涕泗之沾巾矣！先生此诗，无异长沙《鹏赋》，其律遂终于此。

◈ 向 夕 ◈

妙题。五十以外，全然是此二字矣。

畎亩孤城外，江村乱水中。
深山催短景，乔木易高风。插此二语，是不奇崛。〇临夜每有风色忽起，“易”字妙。〇此非写景，要知此十字下，便紧接“草屋”。草屋正在孤城乱水中，畎亩江村中也。

三四忽接于一二之下者，言平生不意遂向此间老也。老人身中，每有异样衰败，非他人所知，亦非自己所料，“易高风”也！

鹤下云汀近，鸡栖草屋同。“鹤下云汀”，何等意思！“鸡栖草屋”，何等卑屈！写尽大才沦落之苦。
琴书散明烛，长夜始堪终。

草屋与鸡栖无异，真非琴书无以度夜。然只须有琴书明烛，便已足见云鹤之姿，终不为屈折所坏也。

◈ 白帝楼 ◈

以为登楼诗亦可，以为坐楼诗亦可。

漠漠虚无里，连连睥睨侵。
楼光去日远，峡影入江深。

非登楼诗，乃坐楼诗也。日日眼前，那不可憎！〇热人、热事、热语、热景，必憎。“憎”之为字，心曾也。上解全是憎。

腊破思端绮，春归待一金。“待”字，哀哉！
去年梅柳意，即上二句。还欲搅边心。尤苦，尤苦。

今年又思端绮犹可，明年又待一金。悲哉，一金几何，早待两年也！

宴王使君宅题二首

汉主追韩信，苍生起谢安。
吾徒自漂泊，世事各艰难。
逆旅招邀近，他乡意绪宽。
不才甘朽质，高卧岂泥蟠？

一解曲折无尽。言今日我谓主上不肯见用，殊不知上下相失，正复各不相照面耳。汉主追韩，临食三起。苍生望谢，渴逾云霓。茫茫天下，不知贤人何在？彼岂料正是我耶？然则吾自飘泊，非君相弃。君为无才，正苦艰难，惟我知之，非他人同喻。

其二

泛爱容霜鬓，留欢卜夜阑。
自吟诗送老，相劝酒开颜。苦。
戎马今何地，乡园独在山。
江湖堕清月，酩酊任扶还。

“何地”，问得亲切。“独在山”，有不愿幸免意。

公安送李二十九弟晋肃入蜀余下沔鄂

读之无奇耳，未有时正自难写。

正解柴桑缆，仍看蜀道行。
樯乌相背发，塞雁一行鸣。

樯乌背发后，中间一行塞雁，写景妙极。

南纪连铜柱，西江接锦城。

凭将百钱卜，飘泊问君平。

后解说自今以后我行南纪，弟到西江，两不复知。借成都君平字，独写老兄漂泊可怜。○下解只为“飘泊”二字。言我行直连铜柱，弟去乃接锦城，锦城之君平，当知我别后事。

清　明

著处繁华矜是日，长沙千人万人出。着他如此出笔。
渡头翠柳艳明眉，争道朱蹄骄啮膝。写千人万人。
此都好游湘西寺，写风俗可笑如画。诸将亦自军中至。结为此句也，何可胜叹！
马援征行在眼前，葛强亲近同心事。写诸将尽至。
金镫下山红日晚，转笔苍凉。牙樯捩舵青楼远。日暮途长如画。
古时丧乱皆可知，人世悲欢暂相遣。
弟侄虽存不得书，从“千人万人”感出来。干戈未息苦离居。从“日晚”“楼远”感出来。
逢迎少壮非吾道，况乃今朝更祓除。

起得阔大奇肆，然只是赞清明之至，非题外作过分语。“金镫”二句，结“千人万人”。“古时丧乱”句，结“诸将皆至”。“人世悲欢”句，总结到自身也。“祓除”字用得好，相传祓除不祥，此老乃更祓除累德也。

◈ 赠韦七赞善 ◈

赞韦曲全为标杜陵。般浩悭事，便同侘傺。

桦里衣冠不乏贤，一句泛。杜陵韦曲未央前。句法奇甚，秀甚，花色甚。
尔家最近魁三象，时论同归尺五天。

“魁三象”者，公自注：“斗魁下两两相比为三象。”不可解云：“尔家最近魁象，论我家，则惟尔家为最近，犹如魁前之三象。”故下接云云。“尺五天者”，公自注：“俚语曰：‘城南韦杜，去天尺五。’”

北同。走则。关山开雨雪，南同。游则。花柳塞云烟。须有尔许事，乃久迟滞洞庭耶？
洞庭春色悲公子，虾菜忘归范蠡船。极叙两家之乐。○自称“公子”，亦图洞庭一色耳。

洞庭虾菜，遂至忘归，岂不深可悲耶？昔有杜审言、韦见素，今有公与韦七。前乐其同进，后勉其同止，真诗人之遗也。

附录

◇ 一　沉吟楼借杜诗 ◇

金圣叹

游龙门奉先寺

一游直遂去，几欲失招提。
月直夜将半，霜寒鸟未啼。
下民全梦寐，上界入玻璃。
心地能无动，榛苓我念西。

铜　瓶

美人脱纤手，此日下寒泉。
泥蚀夔龙尽，天令体格全。
遭时方丧乱，欲汝更迁延。
明福全无信，深为早出怜。

可　惜

花汝有何限，连朝力疾飞。
不愁樽罄尽，可惜兴全非。

子美篇篇老，陶潜顿顿饥。
迟生又千载，惆怅与谁归？

从韦二明府续处觅绵竹三数丛

可惜舍前江水清，只争舍后竹林成。
华轩得省幸早寄，莫误明年春笋生。

寄高三十五詹事

乱后人逾少，年高心最孤。
何曾一日夕，不望问泥涂。
水落双鱼尽，春深一雁无。
不然虽宦达，未至弃潜夫。

李监宅二首

天且忘龙种，人犹选雀屏。
春风开二室，花烛对三星。
特达排时俗，分明合礼经。
亦知鹰隼器，一为刷毛翎。

其二

龙子应归海，鹓儿暂借巢。
曲房花灼灼，深院鸟交交。
挥手停箫管，封侯觅鼓铙。
出门骑马去，昨夜妇亲教。

酬高三十五适人日见寄

连年人日多春阴，今年人日稍称心。
便觉病体得苏息，行下草堂窥树林。
树林微光作年好，柳条梅蕊尤能早。
妻子殊方泥杀人，不然此时我醉倒。
是日东风尔许来，心疑尔正行春回。
椎牛杀羊酒无算，吹角击鼓喧如雷。
酒酣鼓止双扶退，四面如花卧屏内。
纵使殷忧到两京，那望故人承一睐？
初八上弦初九晴，十三十五放灯明。
计程恰是人日发，诗到草堂真可惊。
认印开缄见名字，走之刺眼光相媚。
其中感愤皆人伦，至于清新且余事。
因思是日我正愁，安得如尔十数俦。
东西南北有牖户，我欲共尔先绸缪。

诗云今年不如愿，未必明年又能健。
天子虎臣此何语，老夫龙钟尚能饭。
珍重裁诗答故人，草堂不为养闲身。
但使青云求补衮，还将白发著纶巾。

寄常征君

六月风林好葛巾，征君忍热去垂绅。
野凫眠岸梦何事？老树著花思媚人。
深恐事烦还服食，更愁参谒露天真。
嵇康敢向山公说，我欲时时一欠伸。

熟食日示宗文宗武

消渴春尤甚，兵戈道正长。
今朝吾熟日，他日汝还乡。
梦寐通坟墓，神灵缺酒浆，
会期殊不远，何以答祠堂？

又示两儿

令节非吾事，他时识此言。
悬知多涕泪，且复强盘飧。

骸骨判如此，田园曷用存？
江州与长葛，随汝去招魂。

湘夫人

缘江水神庙，云是舜夫人。
姊妹复何在？虫蛇全与亲。
搴帏俨然坐，偷眼碧江春。
未必思公子，虚传泪满筠。

上巳日徐司录林园宴集

白发了无兴，青春勉就人。
祓除全怯水，杯酒暂沾唇。
不弃群贤德，难支老病身。
明年谁会此，天道最泯泯！

宴胡侍御书堂 公自注：李尚书之芳郑秘监审同集归字韵

余日帘钩尽，新花院落飞。
移樽近书架，点笔候灯辉。
天下吾侪事，文章举世非。
厌厌毕今夜，仆马汝先归。

吾宗

吾宗老孙子，无誉足耕田。
僮仆皆知命，羊牛尽太平。
三秋陈晒日，五柳扳门前。
日照便便腹，遗经百十篇。

麂

青溪闻最远，未必接华筵。
何事烟霞客，陈身匕箸前。
呦呦微不慎，濯濯竟难全。
苹草今从长，余生已不还。

天宝初南曹小司寇舅于我太夫人堂下累土为山一篑盈尺以代彼朽木承诸焚香瓷瓯瓯甚安矣旁植慈竹盖兹数峰嵚岑婵娟宛有尘外数致乃不知兴之所至而成诗

经营同爱弟，岩壑入庭除。
真有云烟出，兼之竹树疏。

诸天香袅袅，万寿乐徐徐。
至性何多媚，终身天宝初。

王十五司马弟出郭相访兼遗营草堂资

生涯丁此日，吾道在江边。
直为林塘好，非求卜筑偏。
城中盛冠盖，表弟独哀怜。
不特存衰老，兼能割俸钱。

提封

提封盛唐国，犹故太宗时。
直以军书下，翻令百姓疑。
臣尝闻俎豆，素不学旌旗。
田野荒芜甚，深忧黠者知。

王十五前阁会

晚晴江岸湿，老病杖藜难。
值汝登高阁，来呼心所欢。
江鱼不厌细，破腹未容餐。
竹叶禁三爵，银花只满盘。

愁 公自注：强戏为吴体。

江水流春不当春，江花江草故愁人。
开头捩舵汝何往？击鼓鸣铙皆不伦。
巫峡啼猿真迸血，楚天朝雨最通神，
老夫欲寄精诚去，凭仗高风达紫宸。

燕子来舟中作

无官只合置天涯，偏有寻人燕子斜。
旧岁未成为地主，今春真累过寒家。
村村社鼓邀分肉，岸岸朱轮赴看花。
谅汝从来飞不惯，滩边蓬底寂无哗。

燕子

殿中双唱御经筵，殿下千官未进笺。
燕子不知防执法，衔花正堕圣人前。

清明

清明正是落花时，百舌声中折一枝。
恼杀东风太无赖，公然来我手中吹。

闻笛

何处谁人玉笛声？黄昏吹起彻三更。
沙场半夜无穷泪，不得天明尽散营。

今春

今春刻意学庞公，斋日闲居小阁中。
为汲清泉淘钵器，却逢小鸟吃青虫。

唱经诗不一格，总之出入四唐，渊涵彼土，而要其大致，实以老杜为归。兹附刻借杜诗数章，岂惟虎贲貌似而已。

瞿斋识

◇ 二　才子杜诗解叙 ◇

王大错

余束发受诗书，即喜读金圣叹先生所评书，并心仪其为人。然坊肆所盛传者，仅《西厢》《水浒》及所序《三国》而已。而先生所自推许之“庄、骚、马、杜”四书，转百觅不得。因又疑此四书之目毋或为后之人所傅会者欤？然《三国》之序及先生其他遗著中，固明明自言之。间读前人笔记，亦有论及先生所分解之杜诗者，是则余之所疑亦陋尔！然二十年来此意耿迄不释。

今月之朔，突有友人以旧本书来嘱余鉴别者，卷之端名人钤章十数，皆藏庋家之小印也。纸色黝然，古香流溢，未开卷而余已知为可珍。逮一展页，而余六尺之身顿不禁蹲蹲舞矣！盖即二十年来所百觅不得之《才了杜诗解》（《金圣叹选批杜诗》）也！因竭日夜力卒读之，觉奋笔直入，以揭千古不传之秘，体少陵忠诚之心，诚生面别开，而令余有得读未见书之快焉！嗣今以往，非徒前疑涣然，并又增余一新见解曰：先生之评才子书也，盖自下而上，先小说，次诗，次乃及古文，至杜诗未卒业而身已被难。故“庄、骚、龙门”三书，我今敢决其未着墨焉！

是说于何证之？曰证诸圣瑗原序中所述先生临命寄示诗之二语而已。其曰“且喜唐诗略分解”者，即杜诗虽从事而尚未卒业之证。然何以复云“庄骚马杜待何如”？则以杜诗既未卒业，即不得谓之完成，即不免有散失遗弃之虞。虽已略略分解，此一番心血恐仍与“庄、骚、龙门”三才子书同成虚愿耳！此所以仍以“庄骚马杜”并举，而终付诸一叹，其心事已历历如见矣。故“庄、骚、龙门”，我敢决其未着墨焉。然则此《杜诗解》如干卷益可宝矣！余既鉴阅竟，因即怂恿友人亟钞印以公诸世，并为述其缘起如此。

岁己未孟冬吴县王大错识

震华本《才子杜诗解》

三　金圣叹先生传

廖　燕

先生金姓，采名，若采字，吴县诸生也。为人倜傥高奇，俯视一切，好饮酒。善衡文评书，议论皆发前人所未发。时有以讲学闻者，先生辄起而排之。于所居贯华堂设高座，召徒讲经，经名《圣自觉三昧》。稿本自携自阅，秘不示人。每升座开讲，声音宏亮，顾盼伟然。凡一切经史子集，笺疏训诂，与夫释道内外诸典，以及稗官野史，九彝八蛮之所记载，无不供其齿颊，纵横颠倒，一以贯之，毫无剩义。座下缁白四众，顶礼膜拜，叹未曾有。先生则抚掌自豪，虽向时讲学者闻之攒眉浩叹，不顾也！

生平与王斫山交最善。斫山固侠者流，一日以三千金与先生曰："君以此权子母，母后仍归我，子则为君助灯火可乎？"先生应诺。甫越月，已挥霍殆尽，乃语斫山曰："此物在君家，适增守财奴名，吾已为君遣之矣！"斫山一笑置之。

革鼎后，绝意仕进，更名人瑞，字圣叹。除朋从谈笑外，惟兀坐贯华堂中读书著述为务。或问"圣叹"二字何义？先生曰："《论语》有两喟然叹曰，在颜渊为叹圣，在曾点则为圣叹，予其为点之流亚欤！"所评《离骚》《南华》《史记》《杜诗》《西厢》《水浒》，以次序定为六才子书，俱别出手眼。尤喜讲《易》，《乾》《坤》两卦多至十余万言。其余评论尚多。兹行世者，独《西厢》《水浒》《唐诗制义》《唱经堂杂评》诸刻本。传先生解杜诗时，自言有人从梦中语云："诸诗皆可说，惟不可说《古诗十九首》！"先生遂以为戒。后因醉，纵谈《青青河畔草》一章，未几，遂罹惨祸。临刑叹曰："斫头最是苦事，不意于无意中得之！"先生没，效先生所评书，如长洲毛序始、徐而庵，武进吴见思、许庶庵为最著，至今学者称焉。

曲江廖燕曰：予读先生所评诸书，领异标新，迥出意表，觉作者千百年来，至此始开生面。呜呼，何其贤哉！虽罹惨祸，而非其罪，君子伤之。而说者谓文章妙秘，即天地妙秘，一旦发泄无余，不无犯鬼神所忌。则先生之祸，其亦有以致之欤？然画龙点睛，金针随度，使天下后学悉悟作文用笔墨法者，先生力也！又乌可少乎哉？其祸虽冤屈一时，而功实开拓万世，顾不伟耶！予过吴门，访先生故居而莫知其处，因为诗吊之，并传其略如此云。

《二十七松堂文集》

四　金人瑞

蔡丙因

金人瑞，长洲人，初名喟，字若采，一字圣叹。生而颖异，倜傥不羁。明亡后，终日兀坐，以读书著述为务。所为诗文，腾踔奋发，熊熊有光。学使按临苏郡，爱其才气，拔置第一。常踞贯华堂上，讲解经义，发声嘹亮，顾盼自雄。凡一切经史子集，笺疏训诂，与夫释道内外诸典，以及稗官野史，九夷八蛮之所记载，靡不供其齿颊。人咸以徐文长目之。最喜读《易》，讲《乾》《坤》两卦，多至数十万言，秘不示人。故所讲《易》理不传，仅于《离骚序》中略及一二而已。人瑞为文，怪诞不中程法。补博士弟子员，会岁试，以“如此则动心否乎”命题，其篇末有云：“空山穷谷之中，黄金万两；露白葭苍而外，有美一人。试问夫子动心否乎？曰：‘动动动……’”连书三十九字。学使怪而诘之，人瑞曰：“只注重‘四十不’三字耳。”

越岁再试，题为《孟子将朝王》。人瑞不着一字，第于卷之四隅，书四“吁”字。曰：“七篇中言孟子者，偻指难数。前乎此题者，已有四十孟子，是‘孟子’二字不必作也。至云‘朝王’，则如见梁惠王、梁襄王、齐宣王，皆朝王耳，是‘朝王’二字，亦不必作也。题五字中，只有‘将’字可作。宗师不见演剧者乎？王将视朝，先有内侍四，左右立而发吁声，此实注重‘将’字之微意也。”以是每被黜。笑谓人曰：“今日可还我自由身矣！”客问：“‘自由身’三字出何书？”曰：“‘酒边多见自由身’，张籍诗也。‘忙闲皆是自由身’，司空图诗也。‘世间难得自由身’，罗隐诗也。‘无荣无辱自由身’，寇准诗也。‘三山虽好在，惜取自由身’，朱子诗也。”客复问：“圣叹二字何义？”曰：“予名喟，圣叹即喟然叹之意。《论语》中有二喟然叹，在颜渊则为叹圣，在曾点则为圣叹。春风沂水，予其为点之流亚欤！”

年四十，黾勉劘述，丹黄不辍，贯华堂中，书如獭祭。心血耗竭，白发星星矣。人有以朱子学术、政事孰优为问者，不答。固诘之，曰："不观《鲁论》乎？篇章次第，已明言之矣。”问者仍不省，人瑞曰：“《学而》第一，《为政》第二。”至今论朱子者，卒无以易。又好评书，以《庄子》《离骚》《史记》《杜诗》《水浒》《西厢》为六才子书，纵横批评，明快如火，辛辣如老吏。笔跃句舞，一时见者，叹为灵鬼转世。

其称《史记》，谓史公发泄一腔宿怨，所以于《游侠》《货殖》诸传，特地着精神。其余诸纪传，凡遇挥金杀人之事，便啧啧赏叹不置。一部《史记》，只“缓急人所时有”六个字，是一生著书之本旨。《水浒传》则不然。施耐庵本无宿怨可泄，第以饱暖无事，又值心闲，见史有“宋江三十六人”句，喜其足供挥洒，遂借题弄墨，写出自家锦心绣口，故是非不谬于圣人。后人不知，强加“忠义”二字于上，比诸史公发愤著书之例，此大谬也。其批《西厢》，只讲文情，不讲曲谱，明知后四出为关汉卿续，非王实甫本，亦略示轩轾，不加删削。以奇特之识见，批文章之妙处，别作奇警之新熟字以为命名。如《西厢》有烘云托月法，移堂就树法，月渡回廊法，羯鼓解秽法，那辗法，浅深恰好法，起倒变动法。《水浒》有倒插法，夹叙法，草蛇灰线法，大落墨法，绵针泥刺法，背面铺叙法，弄引法，獭尾法，正犯法，略犯法，极省法，欲合故纵法，鸾胶续弦法，其赅博审辨如此。

亥子之交，《庄》《骚》《史》《水》《厢》，批注既竣，继批杜诗，以为能将诗圣之诗，句解明晰，则杜诗一日不灭，句解亦一日不灭也。宵深不寐，勤心从事。乃伏案三月，未终一卷。一夕，忽梦有人语之曰："诸诗皆可说，惟《古诗十九首》不可说。"人瑞引以为戒。后大醉，纵谈《青青河畔草》一章。未几，罹于祸。

人瑞豪饮，喜读《离骚》，尝朗诵以下酒，醉则须眉戟张如猬毛，或掷铁灯檠于地。初，明之亡也，吴下讲学立社之风犹盛，各立门户，互相推排。人瑞以惊才绝艳，遨游其间。尤善王斫山，借其资给。遇贵人，辄嬉笑怒骂以为快，以是大吏颇憾之。

时吴令任维初，莅任甫二月，比征钱粮甚急，吴民大愤。会世祖崩，哀诏至吴，巡抚朱国治设幕哭临。吴倪用宾等十八人议逐令，抢入进揭帖，继至者千余人。国治大骇，擒用宾等。以诸生于哀诏初临之下，集众千百，上惊先帝之灵，罪大恶极。奏入，命大臣莅江宁严讯，不分首从，凌迟处死，没其财产。人瑞狱中寄书家中曰："杀头，至痛也；籍没，至惨也。而圣叹以无意得之，不亦异乎？若朝廷有赦令，或可相见；不然，死矣。"临刑寄妻子书云："字付大儿看，腌菜与黄豆同吃，大有胡桃滋味。此法一传，我无遗憾矣。"官见之，笑曰："金圣叹死犹侮人。"时五月二十日也，同死者，倪用宾、沈玥、顾伟业、张韩、来献琪、丁观生、朱时若、朱章培、周江、姚刚、徐玠、叶琪、薛尔张、丁子伟、王仲儒、唐尧治、冯郅。

《清代七百名人传》

五　辛丑纪闻

无名氏

顺治十七年庚子十二月朔，新任吴令任维初，山西石楼县人也，由贡生为学谕，迁秩吴门。莅任之日，谒郡守余公至府门，左右请步入。任曰："彼亦官也，我何以步行为？"坚欲乘轿直入，左右惧而置之于门曰："宁受责，不敢奉命。"余公闻而笑曰："是呆者耶？理烦治剧者，固如是乎？"谒司李高公亦然。高公怒不见。回署开大毛竹片数十，浸以溺，示人曰："功令森严，钱粮最急，考成攸关。国课不完者，可日比，不必以三六九为期也。"初二日午时即追比。欠数金者重责三十，欠三星者亦如之。隶行杖轻，转责之。如以痛而出声者，则大怒，令隶扼其首，使无声。受责者皆鲜血淋漓，难于起立。以后杖而代者鲜矣，乡民悉自诣县庭。无何杖一人，毙堂下，邑民股栗。

十八年正月中旬，维初入常平仓，每石仓米取七升三合，每一廒则计其数米之多寡而斛出一石焉。逮兑粮，则各户之贮此廒者，各出偿之。计其所得三千余石，付县总吴之行粜焉。自明太祖立法，至我朝定鼎以来，未有如维初之典守自盗者也。当是时也，虽三尺童子皆怀不平，而诸生倪用宾遂有哭庙之举。

二月初一日，会世祖章皇帝哀诏至苏，幕设府堂，哭临三日。抚臣朱国治、按臣张凤起、道臣王纪及府县官、郡臣、缙绅、孝廉等清晨咸在。初，府教授程翼仓者，名邑，江宁人，壬辰进士，入为翰林院庶吉士，对职外调，与乙未进士韩允同改为府教授，而翼仓任苏州。每月一课郡士，教育英才，无忝其职者也。初四日，薛尔张作文，丁子伟于教授处请钥，启文庙门哭泣。诸生拥至者百有余人，鸣钟击鼓，旋至府堂，乘抚、按在时，跪进揭帖。时随至者复有千余人，号呼而来，欲逐任令。

抚臣大骇，叱左右擒诸生，及众，遂尔星散，只获去十一人：倪用宾、沈玥、顾伟业、张韩、来献琪、丁观生、朱时若、朱章培、周江、徐玠、叶琪等；同任维初，发道尊王公研审。道尊即唤吴之行拷问，招云："本官粜米，与书办无涉，所经手者四百石，得银三百二十两，送与本官，只此是实。"又问任维初："何故粜米？"维初云："犯官到县止二月，无从得银，而抚宪索馈甚急，故不得已而粜粮耳。"复问十一人，则极言县令贪酷。抚臣固有觇者在，还报以实，大惊，连夜使人于道尊处取口供，见之，怒甚。复即使人于道尊处易之，即发一宪牌，与维初高抬年月。其略曰：兵饷甚急，多征粮米，以备不虞。盖因维初干己，而使其立于无过之地也。道尊既审，则拘十一人于府治之亭中，拘任维初、吴之行于土地庙候旨定夺。

时教授程邑参任维初六案，金圣叹因有十弗见之笑焉。初六日，抚臣将拜疏，集各官及乡绅，谓之曰："任令一事，意欲从轻发落，不谓诸生鸣钟击鼓，震惊先帝之灵。而程教授又参六案，不得不上闻矣，奈何奈何！"各官及乡绅唯唯。是日，抚臣拜疏："为县令催征招尤，劣生纠党肆横，谨据实陈奏亟求法处事：看得兵饷之难完，皆由苏属之抗纳，而吴县为尤甚。新令任维初，目击旧官皆以未完降革，遂行严比，以顾考成。稍破从前之旧习，顿起物情之怨谤，是考成未及，而已先试其毒也。劣生倪用宾、沈玥、顾伟业、张韩、来献琪、丁观生、朱时若、朱章培、周江、徐玠、叶琪等，厕身学宫，行同败类。当哀诏初临之日，正臣子哀痛几绝之时，乃千百成群，肆行无忌，震惊先帝之灵，罪大恶极，其不可逭者一也。县令虽微，乃系命官，敢于声言扛打，目中尚有朝廷乎？其不可逭者二也。匿名揭帖，律令甚严。身系青衿，甘于自蹈，其不可逭者三也。尤可异者，道府自有公审，乃串凶党数千人，群集府学，鸣钟击鼓，其意欲何为哉？不能为诸生解也。

至于赃款，俱属风影，止有吴之行卖漕一款，出自役之口供，并无证见之人。赃私真伪，耑究再审。总之吴县钱粮，历年逋欠，沿成旧例。稍加严比，便肆毒螫。若不显示大法，窃恐诸邑效尤，有司丧气，催征无心，甘受参罚，苟全身家而已；断不敢再行追比，撄此恶锋，以性命为尝试也。臣除将知县任维初摘印拘留外，为此密疏题参，伏祈皇上大彰乾断，严加法处施行。二月十一日。”题至京师，是时适有金坛叛逆、镇江失机二事同时俱发，于是遂奉旨着满洲侍郎叶尼、理事官英拏、春沙、海布勒等公同确议，拟罪具奏。

四月初一日，共传满洲大臣将至姑苏，县官封民房四五所，将为公署。李容仲者，富人也，有大房一所，在郡城之包衙前。其第三子号蜀材名桐居焉，亦为长洲刘令所封。至初三日，则传于江宁公审，不至苏州。盖抚臣恐民心有变，故欲江宁会审也。初四日起解，任维初乘马，从而去者，披甲数骑。十一人各械系，每人有公差二人押解，披甲数十骑拥之。父兄子弟往送者，止从旁睨之，不能通一语。稍近，则披甲鞭子乱打。十一人行稍缓亦如之。父子兄弟见者，惟有饮泣而已。凡三日，到江宁，即发满洲城。任维初至江宁，日与衙役三四人饮于江宁市中。抚臣以程翼仓参六案，恨入骨髓，扬言曰：“一至江宁，即用刑矣。”总督郎公，名廷佐，驻扎江宁，惠政不一而足，江宁称为郎佛。

初，程翼仓之为庶常也，属郎公教习，有师生之谊，故欲为之解。初八日公审，不召任维初，止用严刑拷十一人。程翼仓亦俯伏公庭。郎公卒问曰："汝为谁？"对曰："教官。"郎公曰："是吴县教官耶？"曰："非也，苏州府教授耳。"郎公曰："吾以为吴县教官也，若府教官，则与汝无涉，可疾去！"翼仓遂出。时有人谓之曰："今止郎总督唤汝出，满洲大人未发放也，后日审时可再来。"初十日又审，翼仓进，郎公曰："汝非苏州府教官耶？我教汝去，何不去？"翼仓曰："在此听候。"郎公笑谓满洲大人曰："天下亦有此书呆乎？"又顾谓翼仓曰："此是何所？汝亦在此听候耶？"又笑谓四大人曰："有此呆子！"于是满洲大人皆笑曰："有此呆子，可疾去！"翼仓乃归署。四大人拷十一人，各以粜粮为对。四大人怒曰："我方问谋反，尔乃以粜粮为辞耶？"前五人，二夹棍，责三十板；后六人，一夹棍，责三十板。十一人皆文士，哀号痛楚，有不可以言者。

十二日，严檄唤吏部员外郎顾予咸，生员薛尔张、姚刚、王仲儒、唐尧治、冯郅、杨世俊、朱嘉遇及其子朱真。顾予咸者，字小阮，号松交，丁亥进士。初，任宁晋令，聿著循声，调任绍兴府山阴令。先是绍属多白头贼，其党以白布裹头，故名，实则饥民也。肆行抢劫，以致田野不辟，灾荒频仍。制府议行剿净，松交则力保以招抚为己任，遂立限状以止军行，如逾限不平，请以己身甘当军令。于是，单骑赴贼巢，开诚晓谕，数日之间，贼尽解散，不下数十万，归农耕作。是秋丰收，府境大治。举天下卓异第一，内升刑部郎转吏部铨曹。十六年，以病归里，杜门不与外事。立少年文社，奖励后学，教育英才，非郡中有大事，则不出。筑小圃以自娱。哭庙后，道尊访于松交，松交曰："任知县似不可使知牧民之责矣！"抚臣知其言，衔之，故及于难。十二日，适集同年之子弟之善属文者会课，至午间，阍人入报曰："太爷到来。"松交出见，太尊以江宁唤牌出视，其略曰：据倪用宾口供，顾予咸等九人速解至江宁会审，不得时刻有误。看毕，促呼轿，出阊门下船。朱嘉遇者，号鸣虞，吴中富室也，次子典，甲午举人，三子真，府庠生。当十一人囚于府治之时，馈酒食十盒，或闻于抚臣，故波及。薛尔张等六人，则与哭庙之举者也。松交即于是日起行。

十三日，署吴县捕厅刘公起解尔张等八人，而程翼仓复以严檄召去，并四路驰夫，皆至江宁。顾松交则拘于故光禄寺，新改为府铺者也，系于东南隅，不得安其寝处。与戊子解元、己丑联捷金坛袁大受同系一室中。顾松交就道时，犹以为无患。至江宁城门，差官解其腰间织带，缚其两手。松交曰："我朝廷命官，未曾上疏削职，何得遽尔如此？"差官曰："我固知老爷之未削职也，但事至于此，不得不然耳。"松交已心异其太甚矣。会审时，抚臣属四大人不问松交，止夹薛尔张，问顾予咸知情否？尔张为松交多夹四五棍，张故文士而受重刑，虽哀号吁天，终不招松交"知情"二字。满洲大人无可奈何，问松交，松交则极言己之无罪，清辨数百言，皆合于理。审罢，与尔张八人同系府铺中。有狱卒持大链，盘及松交之首，重不可举，艰苦备尝。

前程翼仓参六案，云号哭者数千人。抚臣深恨之，属四大人穷究。翼仓不获已，供出丁子伟、金圣叹二人。四大人穷究益甚，翼仓将以凡与哭庙之举者尽列名以上。钱宫声闻之，立夜见翼仓曰："今纵开无辜数十，总不满数千人，无益，徒害人耳！且已有丁、金二人足以塞责矣。"翼仓遂止。四月二十六日，严檄唤丁子伟、金圣叹。二十七日，起解至江宁。郎公出示曰："任令一案，葛藤未已，今后不得更有攀招。"自此之后，遂无波及者。郎公虽为翼仓，而造福实无穷矣。

子伟、圣叹至，见四大人，各两夹棍，打三十板。圣叹口呼先帝，四大人怒曰："今上初即位，何得更呼先帝以诅皇躬耶！"掌二十，下之狱。四大人审毕，遂同抚臣商确拜疏，题为遵旨会审事：江苏巡抚朱题参一疏，内开：遗诏到苏之日，吴县秀才倪用宾等，鸣钟击鼓，纠众要打县官，妄捏无款揭帖等因。顺治十八年二月十一日具题，奉旨着臣等公同确议，拟罪具奏，钦此钦遵。该臣等会审得生员倪用宾等云云。该臣等看得秀才倪用宾处会齐，商议写揭帖。初四日赴府公所，率领众秀才要打知县任维初，递揭帖，自行招认是实。秀才张韩、来献琪、丁观生、朱时若、朱章培、周江、徐玠等供内说，倪用宾为首造揭，呈递时我等同跪，自行招认是实。叶琪虽称不知写揭帖，不曾与倪用宾等同跪，立在旁边；但同伙张韩、丁观生等供内说，我等同在前面跪，十一人拿住等语。叶琪、倪用宾递揭帖是实。秀才薛尔张供内说，我将倪用宾揭帖交与顾予咸看，顾予咸丢在地下，我付与倪用宾。鸣钟击鼓聚会处，我亦曾在那里，自行招认是实。姚刚、丁子伟、金圣叹称鸣钟击鼓，伊等亦说在于倪用宾家聚会。丁子伟、金圣叹、姚刚为首鸣钟击鼓，聚众倡乱是实。王仲儒虽巧辩不曾同倪用宾写揭帖投递，据用宾坚供在他家里商议写揭帖、同跪的。仲儒与倪用宾要告知县，写揭帖、跪递是实。唐尧治、冯郅虽巧辩倪用宾曾约我告知县是实，不曾同写揭帖、跪递。倪用宾、沈玥坚供伊等同跪。若非倪用宾一党，如何约你？唐尧治、冯郅同倪用宾等跪递揭帖是实。秀才倪用宾等平时不告知县任维初，于初二日遗诏方到，辄敢纠众聚党，于举哀公所要打知县，跪递匿名揭帖，鸣钟击鼓，招呼数千人，摇动人心，聚众倡乱，殊干法纪。

查律无正条，所犯事关重大，应将倪用宾、沈玥、顾伟业、张韩、来献琪、丁观生、朱时若、朱章培、周江、姚刚、徐玠、叶琪、薛尔张、丁子伟、金圣叹、王仲儒、唐尧治、冯郅等，不分首从，立决处斩；妻子、奴仆、家资、财产、田地入官；顾予咸虽称“众秀才在衙门喧嚷，拿着揭帖，要告任知县，与我看。我说这是甚么时候，你要讦告？不该。不曾看，摔手进去。”但薛尔张供内说“将揭帖与你看，你看过丢在地下”等语。若非伊主使，何不与各官员、众乡绅看？如何特与你看？顾予咸系现任之官，主使秀才写揭帖，至跪递在遗诏方到举哀之处，使倪用宾等倡乱讦告是实。应将顾予咸立决处绞，妻子、奴仆、家资、财产，当地入官。刑讯杨世俊，责四十板，流三千里。朱真不曾同跪，因受刑不过，故攀及。但顾伟业原供朱真同跪，朱真应责三十板，黜庠。倪用宾揭内所告书办吴之行一款，曾供粜米四百石，卖银三百二十两，送与本官任维初等语。今研审云不曾送去，俱是倪用宾逼勒不过，所以混供等语。倪用宾揭内婪赃一款，审系子虚。吴之行不为众官辨明，反扶同诺供，应责二十板，革役。众称任维初并无婪赃等事，再讯倪用宾等，亦云没有等语。知县任维初既无过犯，应免议。奏疏中口供，皆非实据。抚臣为稿文致其辞。四大人署名而已。

二十九日，任知县至苏，与捕厅刘公交代五月初一日复任，谓衙役曰：“我今复任，诸事不理，惟催钱粮耳。甲后不完者，三日一比，负固者夹之。至于官庠大户，抚台自有奏销，虽负固亦不得不完。”任维初虽贪酷稍逊，而狼子兽心，暴戾如故。疏上，奉旨三法司核拟具奏。居数日，又传邸报云：江宁会审、金坛叛逆、镇江失机、吴县抗粮等案，奉旨着议政王、贝勒大臣、九卿科道会议详悉具奏。议政王覆奏，有依议之稿。又奉旨：这各案事情，其中岂无轻重？着另议具奏。于是议政王、贝勒大臣、九卿科道会议。议政王使人读抗粮一案，至“丢在地下”一语，遽呼曰：“既丢在地下，顾予咸便无罪了！”于是贝勒大臣、九卿科道皆齐声曰：“王爷讲得是。”议政王曰：“汝等再议，还该如何处分？”皆曰：“顾予咸宜革职。”议政王曰：“彼既无罪，并免革职可也。”于是贝勒大臣等复齐声曰："王爷讲得是。"而松交之罪始轻矣。

二十日，抚臣还苏，仰府县籍没松交及十八生员之家。府尊籍松交家，见可欲之物，皆纳诸袖中。见一银壶，踏扁置之靴中。见一紫檀匣，封付亲随，捧入私衙。凡家资财物，被官吏劫掠一空。夫人及子皆就狱。至第三日夜，有盗三十余人，逾垣入松交家，将所余之物，悉行掠去。传云乃府尊所为。长洲刘中尊奉抚臣檄籍秀才家，见牌上有一朱姓者，以为是朱鸣虞也。遽籍之。家资财物，劫掠无算，一妻两妾并其子真之妻，皆下狱；次子典会试未归，未及于难。而抚牌上朱姓乃朱时若也，非朱鸣虞。中尊大悔，乃出其妻妾及媳于狱，而籍朱时若之家。二十三日，长洲县县丞至木渎籍周江之家。是日，余适入城，寓养育巷陈毓承家，因见十八人及松交家眷入狱，有乘轿者，步行者，有扶老携幼者。每一起，则以一骑二公差随之。行道之人皆为浩叹。城中讹言大起，有言尽洗一乡民者，有言欲屠城者，人心惶惶，比户皆恐。或曰："众秀才何苦作此事？"或曰："是都爷欲如此耳，何与众秀才事？"城中竟有避于乡者矣。

顾松交在江宁狱中，自知薛尔张不招承，可以无患。至六月中旬，始知已问绞决，谓朱鸣虞曰："以我而至法场就死，不如自尽。"于是遂自书于身曰："千古奇冤。"又书"吏部顾"三字于身、首。二十日奉旨：倪用宾、沈玥、顾伟业、王仲儒、薛尔张、姚刚、丁子伟、金圣叹八名，俱着彼处斩决，妻子、家产籍没入官；张韩、来献琪、丁观生、朱时若、朱章培、周江、徐玠、叶琪、唐尧治、冯郅十名，俱着就彼处斩讫，免籍没；顾予咸免籍没，并免革职，余依议，该部知道。密旨与金坛、镇江、无为共十案。二十三日，四大人差披甲至狱中，取松交，松交大惊，自分必死矣。进满洲城，见四大人曰："汝奉皇恩免绞，免籍没，并免革职了，去罢！”令左右去项上铁索。时当盛暑，汗流积项成膏，腐肉满铁索，其苦有不忍言者。松交既释，抚臣闻之，拍案大怒曰：“老奴有如此好手段耶？”不怿者久之。

十八人在狱，有一白姓守卒，凡十八人饮食起居，左右维持必尽力。七月初一日当交代，乃入谓十八人曰：“众相公亦良苦矣，但都爷与你作对，罪已甚重，不可挽回，所望皇恩即有大赦耳。我今日去，恐不能复与众相公聚，相公倘有家书，可速付我，当为你带出去也。”于是众人皆作书，或残柬，或旧纸，或草纸，付与守卒。初五日至苏州，止十五封。倪用宾、薛尔张、姚刚独无。沈大章用旧纸半幅，寄书与其尊人伯修云：儿犯之罪已至重，然无可奈何，所望惟皇恩大赦耳。外惟吩咐妻子数语，末则慰父母而已。十五人书内皆有“皇恩大赦”一语，而不知实守卒之慰辞也。是时奉旨已半月，抚臣不即处斩者，因奉有特旨论至秋用刑耳。

初七八日，又奉特旨赦金坛案内一人。抚臣大惧，恐放虎出柙，自贻后患，而欲杀十案之人愈迫矣。七月十三日立秋。十二日，抚臣于江宁署中坐立不安，因郎公送大人未归，欲待之归，则恐事迟有变；不待之归，则恐获罪。徘徊莫决，而一念及于身家，则杀人之念大炽，故于十二日未时立秋，而于巳时未及立秋之前，不待郎公之归，而十案之人皆弃市矣。是日也，十案共一百二十一名，凌迟二十八名，斩八十九人，绞四人。抚臣分五处斩决，抗粮及无为告二案，斩于江宁之三山街。是时，四面皆披甲围定，抚臣亲自监斩。至辰刻，狱卒于狱中取出罪人，反接，背插招旗，口塞栗木，挟走如飞。亲人观者稍近，则披甲者枪柄刀背乱打。俄而炮声一震，百二十一人皆毕命。披甲乱驰，群官皆散。法场之上，惟血腥触鼻，身首异处而已。

沈大章有一叔，先至江宁，是日见群骑皆去，认大章之尸，无可认者，于众首中得一腮边有髭者，知是大章首也。方识认时，旁室中一卒出大呼曰："汝欲认谁？取钱来。"叔与之钱曰："认沈玥。"卒指其尸曰："这不是？我送汝去，于路便可无虞，须多与我钱。"卒即于项下衣内出旗，上书云："斩犯一名，沈玥。"大章，年三十余，白皙而肥；至是，须发顿白，久不净发，竟成头陀矣。其叔与卒抬至坛上，入殓后寄柩于僧寺而归，大章魂至家，其母出启门，闻有鬼声，母曰："得非大相公归乎？若是大相公，可再叫三声。"于是又连叫三声。其父遂即叫处立座祀之。倪用宾、薛尔张、周江无资以殓，顾松交买棺殓之。即买一地埋之。余十四人皆有亲人为殓，骸骨犹不敢归故里，恐官司有所稽察也。

十四日，抚臣发牌至苏州，仰府起解八家妻子。十八日，府中发解，凡子女之抱持者不解；至五六岁者，皆手扭之；其长大者，皆械系之。时父母送其子女，祖父母送其孙，翁姑送其媳，兄姊送其弟妹，弟妹送其兄姊，亦有女送其母，媳送其姑者，妻送其夫者，子送其父者，岳送其婿，叔送其侄，甥舅相送者，妯娌相送者，哀号痛哭，凄楚之声，声闻数里。行道之人，无不寒心泣数行下，而唾骂抚臣之惨刻也。八人之旨，罪不及父母；惟王仲儒之父母亦在解中。或求郡伯余公开释，余公曰："公令森严，此非有司所得而主也。"相与哀号，驱出阊门而去。

是日，任维初奉旨落职，新任张公讳叙，于九月二十四日莅任。张公本籍扬州人，姓桑，数年前以不平事，掌盐运司运判之颊，同事者皆为所辱，而叙亡命河南，赘前任苏宗师名铨之家。适常州李悚字素心，督学河南，叙就童子试，拔之第一。甲午以儒士入场，竟得高魁。戊戌成进士，就选京师，初任为吴令，邑人莫不望中牟之令迹焉。

倪用宾，本姓王，吴江庠生。

沈玥，字大章，吴庠生。

顾伟业，昆山庠生。

王仲儒，本名重儒，吴庠生。

薛尔张，字文倩，长洲庠生。

姚刚，未详。

丁子伟，名澜，字紫洄，长洲庠生。

金圣叹，名喟，又名人瑞，庠姓张，原名采，字若采，为文倜傥不群，少补博士弟子员，后以岁试之文怪诞不经黜革。来年科试顶金人瑞名，就童子试，而文宗即拔第一，补庠生。圣叹以世间有六才子书：《离骚》、《庄子》、《史记》、杜工部诗、施耐庵《水浒传》、王实甫《西厢记》。岁甲申批《水浒传》，丙申批《西厢记》，亥子间方从事于杜诗，未卒业而难作，天下惜之，谓天之忌才，一至于斯！十七人者皆可因圣叹一人而传矣。其寄狱卒家书云："杀头，至痛也；籍没，至惨也。而圣叹以无意得之，不亦异乎？若朝廷有赦令，或可相见，不然死矣。"初，生一子，请乩仙题号，仙判曰"断牛"。不解何意。及妻子流宁古塔，屋室后有断碑，但存一"牛"字，殆也有定数也。

来献琪，本姓钦，字起文，被难之前夜梦祖父持其颈而泣，极哀。觉以语妻，妻曰："何不作享以慰祖考！"享未毕，而王仲儒来拉同看哭临，遂及于难，竟无后。

丁观生，字仲初，紫洄之堂兄。偶往府进一呈词，遂罹于祸。

朱时若，沈大章之妹婿，本居窑市，岁初入城拜贺岳父母。初四日同大章往看哭临，遂被擒。

朱章培，未详。

张韩，字侠若，吴庠生。

叶琪，本姓□，云间庠生。

徐玠，字介玉，吴庠奉祠生，己亥秋学中，始起文书。被难之日，宗师批准方五日。

唐尧治，未详。

周江，木渎人，字真履，崇明庠生。

冯郅，字赞先，本姓孙，少继于冯氏，吴庠生。

是时，金坛、镇江、无为告共九案，计一百三人。大约因己亥海寇之来，故及于祸。己亥秋，抚军以状闻，世祖章皇帝曰："他们怕死耳！不必问。"事遂寝。至今年世祖崩，抚臣朱国治欲行杀戮以示威，遂成大狱。其始末未详。共十案，予所见者止九案。盖亦有传闻之说焉。越明年，抚臣罢去，代之者韩公名心康，字世琦，以别案亦斩任维初于江宁之三山街。朱国治后抚云南，如故操。岁癸丑，吴三桂反，以刻剥军粮，将士积忿，乃脔而食之，骸骨无一存者。先君子感而有诗，其诗曰：

巧将漕米售金银，枉法坑儒十八人。

天道好还君不悟，笪桥流血溅江滨。

祸深缝掖岂无因，节钺东南密网陈。

窃得官储输暮夜，还君印绶杀君身。

中丞杀士有余嗔，罗织犹能毒缙绅。

开府罢官贪吏死，辟疆园里自垂纶。

丁澜侠骨世无伦，哭庙焉知遂杀身。

纵酒著书金圣叹，才名千古不沉沦。

据赵氏又满楼刊本《辛丑纪闻》校订

编后记

本书以《金昌编唱经堂杜诗解》为底本，以宣统庚戌（1910 年）顺德邓实风雨楼丛书本《唱经堂杜诗解》（简称“风雨楼本”）和 1918 年上海震华书局石印本《才子杜诗解》（简称“震华本”）做校本。其中杜诗本身，还参校了仇兆鳌的《杜诗详注》（简称“仇本”）。校勘的重点在异文，避免烦琐。文中的繁体字、异体字、古体字等，统一改为通行的规范简化字。

本书选收了《唱经堂杜诗解》的附编《沉吟楼借杜诗》、王大错的《才子杜诗解叙》、廖燕的《金圣叹先生传》、蔡丏因的《金人瑞》、无名氏的《辛丑纪闻》作为附录。

图书在版编目（CIP）数据

金圣叹选批杜诗 /（唐）杜甫著；（清）金圣叹选批．—北京：北京联合出版公司，2018.3

ISBN 978-7-5596-0887-1

Ⅰ．①金… Ⅱ．①杜… ②金… Ⅲ．①杜诗—诗歌研究 Ⅳ．①I207.227.423

中国版本图书馆 CIP 数据核字（2017）第 204696 号

金圣叹选批杜诗
作　　者：（唐）杜甫著　（清）金圣叹选批
策划编辑：朱　笛
责任编辑：孙志文
特约编辑：曹　海
封面设计：水玉银文化

北京联合出版公司出版
（北京市西城区德外大街 83 号楼 9 层　100088）
河北鹏润印刷有限公司印刷　　新华书店经销
字数 202 千字　　880 毫米 × 1230 毫米　　1/32　　9.25 印张
2018 年 3 月第 1 版　　2018 年 3 月第 1 次印刷
ISBN 978-7-5596-0887-1
定价：42.00 元

本书若有质量问题，请与本公司图书销售中心联系调换。电话：010 - 64936383